介護のうしろから「がん」が来た!

篠田節子

集英社文庫

目次

介護のうしろから「がん」が来た！

1　発　見

「ヒン」でもマンモに写らない

「○×クリニックですが、検査の結果が出ているんですが、これから来れますか？　ご家族と一緒にお願いします」

三月半ば、熱海名物の最中《もなか》を買って従姉妹《いとこ》たち三人で、齧《かじ》りながらそぞろ歩いていると、携帯にそんな電話が入った。

「今、旅行先なんで。来週の火曜日に診察予約してあるんですが」

「できるだけ早くお伝えした方がいいので、では明日の夕方五時でどうでしょう？」

土曜日の夕方五時。医院の受付終了後だ。急を要するらしい。それに「家族も一緒に」とくれば検査結果のシロクロはおのずと知れる。

「あー、はいはい。じゃ、明日うかがいます」

傍らで、夫を肺がんで亡くした従姉妹が青くなっているが、本人は至って呑気《のんき》な返事をしていた。

着信音が鳴ったとき、実は介護老人保健施設にいる母に何かあったのではないか、と一瞬、身構えたのだ。肺炎か、イレウスか、それとも騒ぎ出して手に負えないので連れ帰ってくれ、ということか。そうではなく、自分のことだったのでほっとしていた。

自分の健康や生活、生命なんか、かまっていられない。

意識しているか否かは別にして、多くの介護者に共通する心理状態だろう。それを「献身」と間違えてはいけない。疲弊した身体《からだ》と精神が作り出す自暴自棄、判断力低下状態だ。ちょうどDVの被害者が今の痛みをやりすごせば済むと、まったく回避行動を取らないまま、虐待を受け入れるのに似ている。

それはともかく「がん」という言葉自体はすでに身近なものになっていた。五年前、たまたま取材のために受けた検査で甲状腺腫瘍が発見されていたが、父が交通事故に遭って亡くなったり、母の認知症が進んだり、といった諸々のことで検査がずっと先延ばしになっていたのだ。

昨年十一月、母が介護老人保健施設に入所し、ふっと手が空き、ああ、そうだ、と紹介状を手に駒込《こまごめ》にある内分泌系の専門病院に行った。一回目の穿刺《せんし》の結果は、灰色。初めて我が身のことについて医師から「がん」という言葉が発せられる。

「厳重経過観察。一ヵ月後に再検査」と言われ、宙ぶらりん状態にいた二月の初め、今度はブラジャーの右側乳首が当たる部分にぽつりと灰色のしみを発見した。

虫刺されの出血くらいのごくごく小さなものだが、頭に黄色いランプが灯《とも》った。どこかで聞いた。乳がんの症状として乳頭からの出血がある、と。早速、ネットで「乳頭出血、がん」を検索する。確かに何件もヒットする。

自分で右側乳房を触ってみる。しこりらしきものはない。少し張っていて痛い。ということは乳腺炎か？　分泌液の色も血というより、薄い泥水か垢《あか》みたいな感じだ。

取りあえず、とかかりつけの医院に電話をして乳がん検診の予約をお願いするが、応対に出た看護師さんが遮るように言った。

「あっ、それ、もう症状出ちゃってますから、検診ではなくて直接乳腺科に行ってください」

「はぁ、症状……ですか」

「検診だと自費ですが、症状が出ていれば保険がききますからね」

すこぶるプラグマティックなお言葉に感謝しつつ、インターネットで市内の乳腺科を探し電話をする。診療予約を取ろうとすると二週間先まで一杯だと告げられたが、症状を説明すると一転、一週間後の朝いちの予約を入れてくれた。

二月半ば、乳腺クリニックを受診。

医師は男性。コンピュータ画面ではなくしっかりこちらの目を見て話をする、中年のイケメンだ。「おっぱい」という微妙な器官を扱う男性医師として、患者応対は完璧で、さぞかしこれまで重要な告知をたくさんされてきたのだろう、とそのあまりにも真摯な態度に感服する。

問診に触診。何も触れないらしい。

次、マンモグラフィー。異常のない左側はさほどではないが、右側はガラス板に挟まれると凄《すさ》まじく痛い。「頑張ってくださいね」と看護師さんに声をかけられ上下左右から潰される。

その後、看護師さんが乳房を押したガラス板を拭いているのが目に入った。乳頭からかなりの量の分泌物が出たらしい。

痛い思いをしたわりには、マンモの結果はシロだった。

次のエコーでようやくそれらしきものが発見されるが、１・５センチくらいの塊で良性か悪性かは不明。

さらに今回の主な症状である分泌液について、採取して調べる。

どうやって採取するかって？　マンモで潰されて出てきたものは看護師さんが拭いてしまったから、また新たに出し直すわけだ。

イケメン先生が、謹厳な表情のまま、やにわに両手で私の右乳房を摑《つか》んだ。そして力を込めて搾る。

痛い、痛いってば……。あたしゃホルスタインじゃないよ。

「頑張ってくださいね」と相変わらず看護師さんの牧歌的な声。

ようやく搾り出した微量の分泌液をスライドガラスに載せたところで、この日の検査は終了。

エコーの結果を見ながら先生から「五分五分ですね」という慎重な言葉をもらう。


乳腺クリニックを受診して四日後、甲状腺腫瘍の再穿刺の結果が出たのだが、こちらも相変わらず灰色、厳重観察のままだ。

あっちもこっちも灰色かよ、とやさぐれつつ六十二という自分の歳《とし》を思った。もう決して若くはないが、死ぬにはやや早い。

加齢とともに細胞の正確な複製能力が落ちてくることを思えば、還暦過ぎの人間の体に五分五分の確率でがん細胞が存在するなど当たり前のことなのだが。

それではそろそろ準備した方がいいかと、ネットで日本尊厳死協会のホームページを呼び出す。

そんなものに入っていたって、いざ、容態が悪くなれば、病院と家族のやりとりで延命が決められてしまって本人の希望通りにはならない、という話はよく耳にする。だが何も意思表示せずに、鼻管栄養、胃瘻《いろう》、点滴、人工呼吸器、ついでに身体拘束も入って、拷問のような数ヵ月を過ごして死ぬのは御免被りたい。

送られてきた申込書を読むと、リビングウィルの内容が、意外に詳細で具体的なものだとわかった。それまで漠然と「尊厳死」といってもなかなか本人の意思が反映されなかった事例をふまえてのことだろう。

グッドタイミングかバッドタイミングか、ちょうどその頃、まさにその「尊厳死」をテーマにした小説『死の島』について、作者の小池真理子さんと対談する企画が飛び込んできた。

即座に「グッドタイミング！」と引き受けるのが作家の習性だ。取りあえず、「こんな状態で、ただいま結果待ちです」と担当者にメールを打つ。

数日後、携帯に小池真理子さんから電話がかかる。病状を心配してくださり、力になれれば、と具体的な申し出をいくつかしてくれる。社交辞令ではない真摯な言葉にはいつも心を打たれる。

その翌週、乳頭からの分泌物の検査結果が出て、いよいよ乳がんの疑いが強まり、針生検に進む。昔なら組織を切り取って検査に回したところだが、今はマンモトームという機械を用いて病変部分に針を刺し、組織を吸引して採取する。針といっても直径三、四ミリはある太いものなので、局部麻酔をし、先生が画面を見ながら、えいやっ、とそれらしき部分を狙って刺す。その後、ズズズっという音とともに組織が管に吸い込まれる。もちろん麻酔が効いているから痛みはないが微妙な気分だ（ちなみに甲状腺穿刺の方は麻酔無しで針を刺されるので痛い）。

このマンモトームによる生検によって最終的に結果が出て、旅行先の熱海に電話がかかってきた、というわけだ。もちろん電話で結果を告げられることはなかったが、この時点で「クロ」は確定。

まあ、命を失うことはないだろうが、この先、手術、放射線、抗がん剤治療等々で辛《つら》く不自由な生活が始まると思えば、お楽しみは今だけさ、という刹那的気分にとらわれる。

胸に秘めた恋などあれば、どこぞの殿方にメールなど送っているところだが、還暦過ぎの身にそんなロマンはない。

自宅で留守番している亭主に電話で報告した後は、インフィニティプールで夕陽《ゆうひ》を眺め、温泉に浸《つ》かり、夕食のブッフェで美容にも健康にも悪そうな、高脂肪、高カロリー、高コストの料理を皿に取りまくる。

それはともかく、乳がんは発見さえ早ければ九割は助かる、と言われ、どこの自治体でも乳がん検診に力を入れている。

その際、触診とマンモグラフィーは基本で、私自身も受けていた。だが毎回、異常なしという結果だった。今回、乳腺科で受けた検査でさえ、触診とマンモで異常は発見できなかった。

「あのさぁ、節子さんとお風呂入ったことはないけど」と電話で話した折に小池真理子さんが口ごもった。「節子さん、巨乳じゃないよね。大きいとマンモに写りにくいって話だけど、どっちかっていうとヒンだよね……」

おいっ、こら！

ヒンだからといって全部が全部写るわけではない。だがエコーには捉えられた。

逆にエコーでは何も発見できず、マンモグラフィーで見つかる場合もあるらしい。

大切なのは、検診を受ける一方で、日常的に自分の体の状態に気を配ることではなかろうか。自分で触れたときの硬いもの、何とはなしの違和感、小さな出血、張ったような重苦しさ。

乳房に限らず、自分の体の中で異変が起きているときは何かサインがある。

頭の良くなりすぎた人間という生き物は、しばしば体からのサインに気づかない。気づいても気づかないふりをする。

今はそれどころじゃない、たいしたことはない、と体からの警告や訴えを無視して仕事に励み、子育てや介護に勤《いそ》しむ。それが深刻な結果をもたらすこともある。

体の声を無視してはいけない。

おかしい、と思ったら立ち止まる。危ない、と判断したら医療機関を訪れる。その一瞬をないがしろにせず、自分ファーストに切り替えることの大切さを、病気になって初めて知る。

三月十七日。少し早めに彼岸の墓参りを済ませた日の夕刻のこと。例によってイケメン先生が私の目を正面から見つめた。

「生検の結果ですが……がん細胞が発見されました」

告知というより宣告、という言葉がぴったりの真剣な眼差《まなざ》し。「できるかぎりのことをします、頑張ってください」と、その表情が語っている。

ステージ1と2の間くらいの浸潤がん。続いてその他の検査結果について、詳細でわかりやすい説明がある。初期の乳がんなので、きちんと治療すれば九割方助かると告げられた。

「だいじょうぶですか？」と先生が言葉を止めてこちらの顔を覗《のぞ》き込む。

あまりにも平然としているので、ショックのために茫然自失《ぼうぜんじしつ》していると勘違いされたようだが、クリニックから電話をもらった時点で結果はわかっていたのだから、すべて想定内だ。

還暦を過ぎてみれば身辺はがん患者だらけだ。可愛《かわい》いさかりの子供を残して亡くなったフリーアナウンサーの悲劇は記憶に新しいが、私の周辺では乳がんで死んだ者はいない。

　たとえば役所時代の先輩はセカンドオピニオンに従い、数年間放置した後、そろそろ大きくなってきたから、と手術したが、二泊三日で退院してきて予後は良好だ。

　一緒に温泉に行ったが、温存手術のうえ、もともと赤ん坊の頭ほどもある巨乳なので、どこを取ったのか、手術痕《あと》さえわからない。

　二十年来の友人もやはり温存手術だが、彼女はその後の放射線治療がなかなか辛かったらしい。

「私も最初はさっさと手術してさっぱりしたいと思ったけど、とにかくその前の検査とかセンチネル生検とかの段階から、どんどん落ち込むの。やっと終わったと思っても、その後の放射線治療とか憂鬱なことがたくさんあって。せっちゃん、たいへんなのは手術が終わった後だよ」

　とはいえ、普通に生きている。美熟女ぶりは変わらず、センスの良い服の下の胸の膨らみもまったく以前と変わりない。

　つまり手術は受けるとして、昔と違い、最近の主流は温存。術後の放射線治療が辛い場合もあるが、終わってしまえば、見た目もほとんど変わらず、生活に支障はきたさない。若くして発症すれば進行が速く危険だが、おばさんはめったに死なない。

　このときまで私の認識はこんな程度のものだった。ところが……。

手際よく必要な説明を終えた先生は、手術を行うにあたり紹介できる病院を数ヵ所挙げてくれた。

病気の性格上、病院とは長いつきあいになるそうなので（通院治療、定期検診、場合によっては緩和ケアまで）慎重に選び、速やかに結論を出さなければならない。

リストアップされていたのは、築地《つきじ》に二ヵ所、加えて有明《ありあけ》、虎ノ門、それと地元でヤブと恐れられている某大病院。ヤブは除き選択肢は四つ。

クリニックで紹介状を書くので、週明けまでに決定して連絡するように、とのことだ。続いて、病院に行く前に切除手術か温存手術か、どちらを希望するか決めておくようにと指示がある。

がんの手術を行うような大病院は忙しい。外科医との面談で「えーーー、どっちにしましょう、先生、私、どうしたらいいんですか？」などとやっていると、「では考えておいてください。はい次の方」と後回しにされ、結果、手術が遅くなってしまうからだ。

参考までに、といささか憂鬱な事柄が告げられた。

温存手術の場合、ケースによっては乳房が大きく変形し、こんなはずではなかったのにと失望する患者さんがいるとのこと。「篠田さんの場合ですと、乳頭出血があったので、たとえ温存でも中心部は全部取ることになるでしょう」

つまり乳輪と乳首は残せないだろうということ。

「再発の可能性からしても、私としては切除手術をお勧めしますね」

冷静な口調で先生が付け加える。

平らな胸に一本の傷痕。幾度か目にした画像を思い出す。自分の右胸がそうなる。歳を考えれば特に悲観することでもないが、自分の体の外見がここを境に大きく変わる、ということがにわかには受け入れがたい。

「まあ、いざとなれば再建という手もありますし」

六十二歳の乳房再建？

あり得ない、あり得ない。

というわけで、宿題を二つ抱えて乳腺クリニックを後にする。

一つはどこの病院で手術するかの四択。もう一つは全摘か温存かの二択。

さてどうするか。帰りの車の中で夫と二人思案する。

一見、気弱そうな夫は、実は数年前、頸椎《けいつい》ヘルニアを患った折、テニスの試合で勝ちたい、という動機から、ためらいもなく難度の高い手術を受け、術前術後にせっせと体力作りに励んでいたくらいの体育会系ポジティブ気質で必要以上に悲観的になることはない。そのうえ問題発生、課題形成、解決策立案、実行、のプロセスが根っからしみついた元公務員でもある。そのあたりはどうも似たものの夫婦のようだ。

データが無い段階であれこれ考えてもしかたがない。まずは情報収集ということになった。浸潤がんでもありぐずぐずしている暇はない。

その後は……「粛々淡々と行けばよろしい」とまたもや元公務員らしい発言。

2　入院まで

「標準治療」とは、お安くできるスタンダードクラスの治療、という意味ではないらしい

自宅に帰り、即、作家で現役医師でもある久坂部羊《くさかべよう》さんにメールを打つ。日本医療小説大賞の授賞式でお話ししたことがあり、長編小説『悪医』で、末期のがん患者の闘病について書かれている方だ。患者と医師、双方からの視点で進められる小説は、まさに医師にしか書けない病気の実態や治療の実情が明らかにされており、今回、がんと診断されたときに真っ先に思い浮かべたのはこの本の中のいくつかのシーンだった。また著者である久坂部さん自身も高い見識をお持ちだ。

この日、クリニックで告げられた内容と検査結果を丸写しにしたものを久坂部さんに送り、病院と術式（切除か温存か）の選択について相談する。

同様のメールを、さらに音楽仲間で麻酔科医のOさん、医師ではないが大学病院の先生方に知り合いの多いTさんのお二方にも送る。

翌早朝、メールを開くと久坂部羊さんから返信が届いていた。

たいへん示唆に富む内容なので、久坂部さんの承諾を得て、手を加えることなくここに掲載したい（重要と思われる部分を篠田の判断で太字にした）。

「まず、温存手術か切除手術かは、一般には腫瘍の大きさが目安となるようですが、がんのタイプも関係があるようです。３㎝以下だと温存が勧められますが、浸潤型だと切除が勧められるようです。

　私が外科にいた三十数年前は、乳がんはすべて切除手術でしたが、その後、温存手術**にしても死亡率に差がないということがわかってきたので、腫瘍が小さめの場合は温存手術が勧められるようになったというのが実情です。（医療が進んで温存手術でも大丈夫になったわけではありません）**

　結局のところ、細胞レベルでの局所及び他臓器への転移があるかどうかで結果が決まるわけですが、細胞レベルでの広がりは顕微鏡でも確認できないので、取り敢《あ》えずの手術と放射線治療等をして、経過を見るということになります。つまり、温存手術か切除手術かはあまり予後に関係しないとも言えますが、もしも温存手術にして、あとで再発すると、気持ちの上で切除手術にしておけばよかったと、悔やむことになるかもしれません。（切除手術でも再発した可能性は高いですが）逆に、切除手術で再発しなかった場合、温存でもよかったのではないかと悔やむ可能性がでてきます。また、切除手術の場合は、外見の問題、および手術側の上肢のむくみなどの合併症が出る場合があります。（出るかどうかやってみなければわかりません）

病院選びですが、**今は治療のガイドラインが確定していますので、ある程度以上の規模の病院であれば、治療法はどこでもほぼ同じだと思います。**ご提示の病院でしたら、いずれでも標準治療（スタンダードクラスという意味ではなく、エビデンスに基づいた現時点での最高の治療）が受けられると思います。

厳しい言い方になるかもしれませんが、実際には、がんが見つかった時点で運命は決まっているというのが本当のところだと思います。患者さんはあれこれ可能性を考えて悩まれることが多いようですが、医師の側は、標準治療をやって経過を見るということ以外できないのが実情です。

いろいろ悩まれるお気持ちはお察ししますが、悩むことがよい結果につながることはまずないので、運を天に任せて、出会った専門家に一任するというのもひとつの方法かと思います」

簡潔明瞭、信頼に足るありがたい助言だった。

続いてOさん、Tさんからも返信が来る。久坂部さん同様、リストにある病院四つについては、どこも実績があり安心である旨が書かれている。Oさんは希望するなら知り合いの外科医を紹介するとも言ってくれた。

がんのような病気では、さまざまな事情や思惑から家族以外には伏せるケースも多い。だが、今回、私は彼らだけでなく周囲に積極的に事情を話すことで親身なアドヴァイスや貴重な情報をたくさんいただいた。普段はただの宴会好き飲んべえ野郎、女好きチャラ男、口の悪いお局《つぼね》、派手派手美魔女、そんな彼、彼女たちの誠実さと人を思いやる気持ち、思慮深さをあらためて知らされ、感謝することとなった。同時に友人知人が同じような状態になったときに、どんな受け答えをし、どんな形で手を差し伸べ関わればいいのかを教えられた。

ちなみに小説教室以来、三十年来の付き合いの小説家、鈴木輝一郎に至っては、「おー、せっちゃん、再建するなら俺の腹の脂肪やろうか?」

いらんわ、そんなもん!


入院先については聖路加《せいろか》国際病院を選んだ。医療水準が同じなら、そして自宅からの所要時間も同じくらいなら、一生に一度のセレブ入院も悪くない。運悪く再発し、最終的に治癒の見込みなし、とされたとき、緩和ケア病棟のある病院で順調にあの世に送ってほしいという気持ちもあった。

週明け早々、乳腺クリニックに電話をして「聖路加」を希望する旨を伝えると、看護師さんから慎重な口調で応答があった。

「あの、聖路加さん、全個室ですから、差額ベッド代がお高いですよ」

なんの。どうせ一生に一度、生まれて初めての個室だ。パソコンを持ち込んで仕事をすれば、一泊一万や二万。

「三万円以上ですかね。今回だけでなく、その後もそちらの病院にかかることなども考慮しますと……」

一泊三万。絶句。

確かに抗がん剤治療や転移で再手術、緩和ケアなどということになったら……。一ヵ月で百万。しかも辛い体調であれば病室で仕事などできない。ノーテンキな目論《もくろ》みは最初から成立しない。

だが、「個室にしとけ」と夫。

「僕なんか隣のベッドのじいさんの夜間譫妄《せんもう》で寝るどころじゃなかったから」

確かに。

人生、初のセレブ入院。公立病院の大部屋しか知らない者にとっては、いろいろな発見があるかもしれない。

度胸を決めて紹介状をお願いする。

入院先は決まったが、いつから、どのくらいの期間か、は未定だ。

とりあえず母が入っている老健（介護老人保健施設）に連絡を入れ担当者に事情を話す。

それまで、週二回、施設に通い、面会のついでに洗濯物を受け取り、洗ったり繕ったりして届けるということをしていたが、これからしばらくの間は施設のクリーニングサービスをお願いするつもりだった。だが、翌月分の申し込み期限に間に合わず、四月中はそちらのサービスが使えないことが判明。

その間は洗濯については夫に頼むことにする。その際、排泄物《はいせつぶつ》の汚れのついた手洗いが必要な下着類については、可燃ゴミに出してくれるようにと指示した（リハビリパンツは断固拒否、の年寄りは案外多い。巷《ちまた》で言われるようにプライドの問題などではなく、肌触りに違和感があり、場合によってはかゆみを生じることもあるので、問答無用で脱いでしまうのだ）。

廃棄するように夫に言ったのは気兼ねからではない。私ならハンドシャワーと棒付きブラシでさっさと済ませてしまう作業だが、配偶者でも肉親でもない人々の排泄物のついたパンツに嫌悪感を抱かない嫁や婿がいるだろうか。それを強要して相手の愛情や倫理、人間性を見極めようとする行為ほど卑しいものはない。

どっちにしてもしないで済むことを、不快感を押し殺してする必要はない。まずは自宅と実家のタンスをかき回し、古いパンツを山と集めてきた。それを繕い、ゴムを入れ直し、使い捨て態勢を整える。何でも取っておく大正生まれと衣類を捨てられない昭和生まれの母娘のタンスの肥やしが、思わぬところで役に立った。

洗濯物の件は片付いたとして、この先、検査、入院、通院と、しばらくの間、母のところに通えなくなる。そこで従姉妹たちに電話やメールで、顔を見せに行ってくれるように頼む。

金銭や労力等々、介護についての責任は娘が負うとして、身内の女性たちの笑顔と優しい言葉が年老いた母にとっては何よりうれしい。年寄りを看《み》るに当たって、責任を負う者と喜ばせてやる者は別で、その役割分担と自覚はけっこう重要だ。一人の人間に双方の役割を求められても困る。最大の懸念は、母の方が現在六十代、七十代、八十代の従姉妹たちより長生きしそうなことだ。

次の問題は私の退院後だ。どんな治療が待っていて、どのくらいの頻度で通院することになるのか皆目わからない。老健は老人ホームと違い在宅介護に繋《つな》げるためのリハビリを行う所で、原則として、三ヵ月から一年以内に退所しなければならない。最悪、がん治療を継続しながらの介護が待っている。自らの余命を宣告された後、残された日々を母親の老人ホーム探しに奔走した女性作家、Sさんのことが頭をかすめた。

考えてみると介護者のがんは、周囲を見回すとごく普通にある。特に認知症患者の介護者ががんに罹患《りかん》するケースの多さについては、そのストレスを考えれば驚くには当たらない。

舅《しゅうと》を自宅で看ていたお嫁さん、母親を介護していた娘や息子などが、被介護者より先に亡くなるのも、珍しいことではない。つい最近も、友人の妹さんが実母を見送った直後に亡くなり、四十九日法要を母娘、一緒に執り行った。ワーカーさん、民生委員さんと話していてもそんな例はいくらでも出てくる。

年寄りを自宅で看ていれば、要介護度に関わりなく、自分の体調は二の次、三の次になる。家に一人置いておくわけにはいかず、かといって自分が検査を受けたり治療するために遠方の病院に同行させるのも難しい。

「病気が見つかって入院とか言われると、おばあちゃんを看る人がいなくなるので、いくら具合が悪くてもお医者さんには行かない」と当たり前のように語った知人もいた。

政策上意味がないと見なされるのか、こんなことは表には出ないし、話題にもならない。

高齢化が進み、寿命が尽きた後も死なせない医療技術だけが発達し、その一方で医療福祉関連の支出がふくれあがる中、負担を丸投げされた家族が形ばかりの公的支援の中で疲弊し、病み、次世代を巻き込んで崩壊していく。少子高齢化ばかりが元凶とされる問題だが、人も他の生き物と同様、生きて、寿命が尽きて死に、次世代に取って代わられる存在だ。その当たり前のことが忘れられ、自然な生死のサイクルが歪《ゆが》められている。

その先にあるのはまさにディストピアだ。

四月二日の夕刻、乳腺クリニックで紹介状をもらったその足で築地に。翌日は九時までに聖路加国際病院で受付を済ませなければならず、夫と二人、聖路加ガーデンにある銀座クレストンホテルに前泊した。

受診前夜のプチ贅沢《ぜいたく》に、壮行会を兼ねて築地の寿司《すし》とビールで夕食のつもりだったが、電車とバスを乗り継ぎ二時間半の長旅に加え、いよいよ明日執刀医と面談か、という緊張感もあって、チェックインして一風呂浴びたら疲れてしまい、繁華街まで出かける気力が失《う》せた。ルームサービスを頼む趣味もないので、近場で済ませることにする。

聖路加病院は噂《うわさ》と伝説に事欠かないところだが、最上階にフレンチレストランがあって出産を控えたセレブがお相手とご飯を食べている、というのもその一つだ（実際にはレストランは病院の建物ではなく、道路を隔てた向かい側のタワーのてっぺんにある）。ならばとそのタワー最上階に勇んで出かけてみたが、エレベーターを降りたとたんに残っていた気力が失せた。

その店のおしゃれで高級感溢《あふ》れるたたずまいは、二十年前のよれよれブラウス姿（なぜその服装か、は後述）の風呂上がりおばさんと憂鬱そうな面持ちのバーコード亭主が入るには敷居が高い。そのままUターンし地下のとんかつ屋で夕飯を済ませ、早々に部屋に引き上げる。

眼下に流れる隅田川の暗い川面《かわも》を眺めていると、ようやくここまで来たか、と奇妙に感傷的な気分になった。

生まれてくるときは出生届一枚で済むのに死んだときは山のような手続きがある、とはよく聞く話だが、入院、手術も同様、とにかく目が回るほど忙しい。

所属している保険組合、生命保険会社、役所への問い合わせ、諸々の書類の作成。その合間に母のところに顔を出し、親類に頼み事をし……それより肝心なことがあった。

今後の入院、手術、通院。この先、どんなペースで仕事ができるかわからない。

この五、六年は、母の相手をしながらの執筆でかなりペースダウンしていたが、ここに至って、いったん停止しなければならないかもしれない。


がんの確率が高いとわかった三月上旬には関係のある出版社にメールを送って事情を説明し、約束していた仕事について待ってもらうか、キャンセルの可能性も出てきた旨を伝えていた。

「年間出版計画でもう決まったことなんだからよ、期限までに納入できなかったら違約金を取るぞ」と言われたら困るが、「どうぞどうぞ先生、二年でも三年でもゆっくり養生なさってください。キャンセル？　ぜーんぜんオッケーです」と言われるのも哀しい。

担当編集者は良識ある企業人ばかりなので、当然のことながらそのどちらでもない。「一応、○月発売号にご登場いただくつもりでしたので、それまでに仕上がるかどうか△月×日までにご連絡をください」の類《たぐい》の、ありがたく、また合理的なお返事をいただく。しかし△月×日までに、仕上がるかどうかなどわからない。

予想がつかないことに悩むよりは書く方が早い。構想は出来ているから、とにかく入院前に第一稿を仕上げるために隙間時間を縫って書き始める。

その他にも今年に入ってから書評や対談の仕事がいくつも入ってきていた。皆川博子さんの『夏至祭の果て』、田中兆子《ちょうこ》さんの『徴産制』『甘いお菓子は食べません』、小池真理子さんの『死の島』など、検査その他で訪れた病院やクリニックの待合室で立て続けに読んだ。

どれもこれもおもしろかった。大当たりだ。

若き日の皆川博子さんの凄まじいばかりの筆力と構成力にあらためて圧倒されると同時に「若いモン、しっかりせんかい！」と背中をどつかれた気がした。田中兆子さんの才気と、斬新そうに見えて実は真っ当な発想、味わい深い文章表現などにも目を見張る。小池真理子さんの『死の島』は、作家本人のお茶目な顔から一転、痛切な体験を経て人の死と切り結ぶような気迫が、静謐《せいひつ》でロマンティックな世界の向こうにかいま見える。

本が売れないと言われて久しいが、日本の小説のクオリティーはしっかり保たれている。

仕事の中でも最大の気がかりは、七月に発売予定の、二年ぶりの単行本『鏡の背面』の著者校正だった。いったいいつまでに仕上げなければならないのか。担当者である新人女子をすっとばし、編集長宛に直接、「事情が事情だ。とっとと著者校ゲラを出せ」と、ほとんど脅迫、なメールを送る。

実は四年前に亡くなった坂東眞砂子さんのことがずっと頭の片隅にあった。一回目の手術は成功と聞いた。病気をしたとはまったく感じさせない元気な彼女とパーティーで立ち話をして、またね、と別れてしばらくした頃、突然、訃報が入ってきた。私に出来る唯一の供養は彼女の残した作品を丁寧に読み、書評を書くことだけだったのだが、それが終わった頃に新刊が出た。彼女の遺作となった短編集だった。雑誌に掲載されたものですでに完成しており、病床で書かれたとは思えない力のこもった作品だった。だからこそ同じ小説家の目には「最後の仕上げをしたかっただろうな」と思わせる部分もある。

命に関わる手術でなくても、何があるかわからない。しかも私は坂東さんとは比べものにならないくらい、穴だらけ、矛盾だらけ、誤字脱字の多い、校閲者泣かせの原稿を書く女だ。万一に備えて、著者校正を済ませておかないと、永遠にこの世に未練を残しそうな気がした。

3　再建の決断

還暦過ぎのシリコンバスト

四月三日早朝、銀座クレストンホテルをチェックアウトし、いよいよ聖路加病院に。総合受付を済ませた後、二階にあるその名も「ブレストセンター」に向かい、落ち着かない気分で待合室に入る。赤やピンクの暖色系の女の子っぽいインテリアの部屋でも一際目立つのは、椅子席の向こうの座面の広い応接セットだ。ぐったりと背もたれに体をあずけた中年の患者さんの姿に、ああ、しんどいのだろうな、と思う。

若いカップルの姿も目立つ。二十代と見える男女や三十代くらいのおそらくお子さんがまだ小さいであろうご夫婦の姿に、夫が「あー」と悲嘆のため息をもらす。

やはり二、三十代くらいの会社員風の女性も多い。

彼女らのすべてが必ずしもがんとは限らないが、恋愛、出産、子育て真っ最中の年代の方々にとっては、命を失う危険だけでなく、乳房を失うケースも含め、どれだけ衝撃的で不安な出来事か、と想像すると胸苦しい気分になる。還暦過ぎに発症した乳がんとはまったく心境も事情も違うのだと、その深刻さを思う。

マガジンラックには女性誌に加え、乳がんに関する雑誌と本、パンフレット、専用下着カタログなども並べられている。無意識のうちに乳がん関係の資料を手に取った。

昨今、かなり術式も進化し、中心部に生じたがんについても乳首を残して内部だけ取ることもできる、などという記事についつい目が行く。

しばらくして名前を呼ばれ、まずは看護師さんと面談、続いて担当医の先生と初めての面談をした。

担当医のT先生は女性。ドラマに出てくるような、目つき鋭く、化粧濃く、ビシッと物を言い、白衣の裾を翻して廊下をカッカッと歩く……みたいな女医に、私は今までお目にかかったことがない。

若くて小柄なT先生も、にこにこリラックスした雰囲気で、見るからにものに動じないふう。「威張らない、喚《わめ》かない、媚《こ》びない」の三拍子揃《そろ》った信頼度高い系女子。

まずは診察。このために前開きブラウスを着用。昨今、若い子向け、おばさん向けを問わず、前開きシャツやブラウスはすこぶる少ない。あってもフォーマルないしはビジネステイスト。受診時に着られるようなカジュアルなものは少ない。仕方なく、二十年も前に買った木綿のブラウスを引っ張り出して、地元クリニックの通院時から着ている。

それの前をかぱっ、と開いて診てもらった後、乳腺クリニックからもらってきたデータについて、一通りの説明を受ける。そのうえで、まず手術日を決める。

「順当に行けばゴールデンウィーク明けですかね。あまり遅くならない方がいいので」

と手帳を見ていたT先生が、「あ、私、四月二十日が空いてる！」

あと二週間少々だ。

「でも先生、私、五月九日にラジオの出演があるんですが」

「えっ、何のお仕事をされてるんでしたっけ」

「文筆業です」

「ペンネーム、何ていうんですか」

「本名のまんま」

「あ、そうですか」

先生はにっこり笑い、「術後二週間以上経《た》っているから大丈夫でしょう。スタジオで座っているだけですよね？」

あっさりＯＫが出た。

先生はその場でチームを組む他のお医者さんたちに電話をかけて予定を確認。四月二十日の午後遅く、その日の三件目の手術となる、最後の時間帯に予約を入れてくれた。

それにしても一日三件……。立ちっぱなし、緊張しっぱなし。先生たちもたいへんだなぁ、と思う。同時に、外科手術の信頼度は手術数、とも言われるから、これもまた安心材料だろう。

術式については、期待した温存手術はやはり私の場合は取り切れない不安もあり、あまり勧められないと言う。ならば、と腹をくくり、術後の放射線治療も必要ない切除手術に決定。

その先にさらに予想もしていない二択があった。

再建するか、そのままか。再建するなら事前処置として「ティッシュエキスパンダー」といって、胸の筋肉と皮膚を伸ばすための円盤状のものを、切除手術と同時に埋め込む必要があるからだ。

女六十二歳。閉経後十余年。出産、授乳経験がないので胸は垂れてはいないが、顔はシワ、タルミ、シミの三拍子揃った立派なばあさんだ。それが乳房再建。しかも健康な左胸はこのさき順調に垂れていき、再建した右だけが永遠にお椀《わん》形に盛り上がっている。考えたくもない。

だが、もし片方を取ってしまったとしたら……。見た目は小池真理子さんのおっしゃるとおりの「ヒン」だが、胸郭が大きいために盛り上がりはなくても分量は予想外にある。それなりの重さのものが片方だけ消える。体のバランス、姿勢のバランスが崩れるのでは？　この点を夫は非常に心配した。

「日本人の場合はそれほど巨乳ではないので大丈夫ですよ」と先生。

とはいえ、服を着るときには無くなった方に専用パッドを入れる必要があるだろう。カタログで見たなまめかしいピンクの物体が頭に浮かんだ。いちいちそんなものをブラジャーの中に突っ込むの？　あるいは肌に装着するの？

しかも私の唯一の趣味は水泳だ。そんなものを水着の中に入れてバタフライなんかやった日には……。コースロープ脇にピンクのクラゲのようなものがふわふわ浮いている図が頭に浮かぶ。嫌だ、絶対、嫌だ！　それならいっそ皮膚の下に埋め込んでしまった方が……。

迷っている私の前で、「もし再建するんでしたら、形成外科の先生との面談がありますから」と先生が日程表を広げる。

再建は乳腺外科ではなく形成外科の領域だったのだ。きらきらしたピンクのバラの広告と美魔女女医の姿が頭に浮かぶ。一気に腰が引ける。

「手術日が近いですから、もし再建されるならすぐに形成外科の先生の予定を押さえますが」

先生の手はすでに受話器にかかっている。それが最後の一押しとなった。

よくあるテレビ通販の「あと一〇分だけです、あと一〇分のうちにお電話をいただければこのお値段！」の、あの心理だ。

「はいっ、お願いします、再建します」

最敬礼して答えていた。

手術日が決まると、検査とその結果を聞くために頻繁に病院に通うことになった。

初日は、医師や看護師との面談の他に、体重を量ったり、血液や尿の検査など、こちらの体が手術に耐えられるかどうかを判断するための健康診断のようなものがあった。

翌週からはマンモグラフィー、エコーなどおなじみのものに加え、MRIなど本格的な検査が始まる。

MRI検査は強い磁石と電磁波を使って体内の状態を輪切りにして撮影する。仰向《あおむ》けになった状態で、かまぼこ形の棺桶《かんおけ》のような空間にゆっくり呑《の》み込まれていくもので、以前受けた脳ドックで経験済みだ。

「ああ、ちょっと音がうるさいあれね」と気楽に検査室に。

何気なく検査台を見て、えっ？　肩から下あたり背中部分が通常の台ではなく、真ん中で仕切られた四角い枠だけになっている。

「そこにうつぶせに寝てください」

「はあ？」

エステのように？

真ん中で二分された四角い枠は、うつぶせに寝て両乳房をはめ込むためのものだった。そこからぶらん、と宙に垂れ下がった乳房の内部の画像を撮影するらしい。想定外であると同時に、何ともシュールな図だ。

脳ドックのときのMRI検査では、ヘッドホンから音楽が流れてきて、ギー、ガチャガチャ、カコンカコンというあの音を和らげてくれたが、こちらはそんな余計なことはしない。耳栓を渡され自分で耳に突っ込む。

造影剤を点滴されて、まくらに額を押し付けしずしずと下半身から機械の中に滑り込んでいく。むき出しになった乳房がすかすかと薄ら寒かった。

二日後に結果が出た。エコーでは1・5センチほどのがんが右下に二つ捉えられただけだったが、MRIの画像で見ると、がんは中心部から乳腺全体に白くもやっと、意外に広い範囲に、散らばっている。つまり温存の選択は最初からなかったわけだ。乳頭からの微量の出血を認めたときから、クリニックや病院の先生方はすでにこの状態を予測されており、切除の方を勧めたのだろう。

大病院の検査漬けについてはよく話題に上り、批判もされる。今回もクリニックで行ったエコーやマンモグラフィーを病院でも繰り返しているが、その目的は結局のところ「取り残しをなくし、かつ無駄に切らないため」だ。開いてから「うわわわ！　こんなに広がっている」とか、「再発すると困るから、とりあえず全部、リンパまで取っておくか」といったことにならないために、事前に調べられるかぎり調べておくのだろう。

形成外科の先生や乳腺外科の先生など、チームの先生方との面談と診察は滞りなく進む。

形成のN先生も女性だ。小豆《あずき》色の診療着と同色のパンツ、スニーカーっぽい靴はほとんどの女医さんたちに共通のスタイルだが、さすがに形成の先生。お化粧や髪型にさりげなくおしゃれ女子の雰囲気を漂わせている。

だが診察となると、えっ？

距離が近い。真正面からこちらのおっぱいを見つめ、「ふんふん」と納得したようにうなずきながら、しっかりと顔を見て説明。

膝頭をかぱっと開いて患者に接近し、椅子に掛けたこちらの体を抱き込むようにして、しっかり観察し、話をするのだ。

医者だ！　とちょっと感激する。普通にセンスの良いおしゃれ女子に見えるが、中身は筋金入りの医者だ。

聖路加病院にはこの手の若い女医さんがぞろぞろいる。朝のミーティング時など壮観だ。

入学試験で女子をふるい落としていたT医大よ、こういう方々の可能性を無視するのか？

有能で頼りがいのある若い女子たちが、結婚し、出産した後も、しっかり仕事を続けられるようなシステムが早急に作られ、機能することを切に願う。

それはともかく、勢いで再建を選んだが、その先に再び二択が待っていた。太ももや腹、背中などから自分の組織を取って再建する方法と、シリコンなど人工物を入れて膨らませる方法だ。それぞれについてのメリット、デメリットを先生に説明されるが、痛いのは一ヵ所で十分、という理由から、即決でシリコンインプラントを選ぶ。

続いて先生からシリコンインプラントにした場合に起きる合併症、その他のリスクについての説明があり、乳房の一部が黒く壊死《えし》したこわーいカラー写真などを見せられる。だが確率的にはそうしたケースはごく低いことが説明され、異常が感じられたらすぐに連絡をするようにと言われる。

続いて乳房に入れるシリコン本体に触らせてもらう。形も大きさも様々な、白く半透明な、柔らかなグミのようなものだ。触り心地はすこぶる良い。

還暦過ぎてのシリコンバスト。感無量……である。

とはいえ乳がんの手術と同時にシリコンを入れるわけではない。

切除手術と同時に、胸の筋肉の下に前述したティッシュエキスパンダーという皮膚や組織を引き伸ばす円盤状のものを埋め込む。こちらは白い皿のような無骨なもので、中央に水の注入孔が付いている。術後に乳房に針を刺して注入孔に生理食塩水を入れ、膨らませていく。

バストに針を刺される。考えただけで痛い。

膨らませたティッシュエキスパンダーによって、筋肉や皮膚などの組織を伸ばしたところで、八〜九ヵ月後に再手術してシリコンを入れる。

そうして膨らみを作った後に、さらに中心部の再建を行う。乳輪はタトゥー、乳首はもう一つの方を半分取って移植するとのこと。移植できるほど乳首が大きくないので、私は乳輪、乳首の再建はパスして膨らみのみを作ることにした。

だけど、乳輪をタトゥーで作るって……なんか、すごい話だ。

一通りの説明が終わると、再建の資料にするために、上半身裸になり、胸のアップ写真を撮る。

そういえば今ほどセクハラがうるさく言われなかった三十年前、某男性週刊誌で「あなたのおっぱい見せてください」というおばかな企画があって、道行く若い女性にこんな感じで披露させているページがあったなぁ、と思い出す。

形成のN先生がデジカメで正面、横、斜めから手際よく撮っていく。十日後には無くなっちゃうんだからきれいに撮ってね、先生、って違うか……。

待合室に戻り、渡された問診票に記入する。再建を決めた動機や、再建後に何をしたいかといった内容を問うものだ。

「子供と一緒にプールに行きたい」「温泉に行きたい」「すてきに服を着たい」「水着を着たい」「海で泳ぎたい」などなどの項目が並んでいる。「子供と一緒にプールに行きたい」の項目には、待合室にいた若いご夫婦の姿が瞼《まぶた》に浮かび切実さに胸を衝《つ》かれる。

病院の売店に行けば、乳がんの手術痕を隠すための専用タオルなども売られている。だが、その程度のことなら再建するしないにかかわらず、堂々と入ったらどうだろうか。以前、片方を切除した友人が「周りの人をびっくりさせるのは悪いから」と日帰り温泉旅行を断ってきたことがあったが、「ああ、たいへんだったな」と思いこそすれ、今どき他人の手術痕にびっくりする女などいないだろうに。「ママ、あのおばちゃん、おっぱい片方無いよ」と知らない子供に指を差されたら、「ああ、これはね」と説明してやるもよし。ひとつ知識を増やしてやれる。

問診票を記入した後、看護師さんと面談する。この仕事にはいかにも適任な感じの、落ち着いた年代の方だ。気遣わしげな面持ちの看護師さんに再建の動機や今の気持ちなどについて尋ねられる。

「体力作りのために水泳をやっていますが、いずれ、スイミングクラブのマスターズ大会に出たいので」と答えると看護師さんの顔がぱっと明るくなった。

「それは良いことです。頑張ってください」と激励された。彼女たちは「リエゾンナース」と呼ばれ、乳がん患者のメンタル面のサポートについて、患者の相談に乗ってくれたり、ケースによっては、精神科、心療内科の先生につないでくれたり、といった役割を担う頼りになる存在だ。

こうした精神面のサポートに加えて、看護師さんからは手術後のブラジャー選びについてもアドヴァイスを得られる。再建手術後は内出血や痛みを避けるために乳房の揺れを防いで固定する必要があり、以前は胸帯《きょうたい》を着用していたが、現在は専用のブラジャーが開発されているのだ。

用意してあるサンプルを見せてもらいながら、その場で試着。国産の華奢《きゃしゃ》なデザインのものは骨格の大きな私にはサイズが合わず、チェコ製の八つものフロントホックが付いた、鎧《よろい》のようなものものしい代物、しかもＸＬサイズを手術前日までに売店で購入することになった。一つ五千五百円、洗い替えを用意すると一万一千円の支出。トリンプ、ワコール並の値段で医療用ブラジャーが買えるのはありがたい。もっともＧＵへビーユーザーの我が身にとっては十分高額だが。

それにしても検査と診察、専門医の先生方との面談の他に、望めば精神面でのケア、術後の下着選びに至るまで、乳がんの手術を控えてトータルに準備や相談の体制が整えられていることにただただ驚く。

なお、病院によっては手術の数日前から入院してこうした検査や面談を行うところもあるらしいが、くりっ、とした目と長い睫《まつげ》が無駄に可愛い執刀医のＹ先生（男性）曰《いわ》く、

「なに、通院がたいへんなら、周りにいいホテルがたくさんありますから。ここに入院するより安いですよ。サービスもいいし、旦那さんも一緒に泊まれる」

というわけで、以後、築地周辺のビジネスホテルと安宿を泊まり歩くことになった。近所の寿司屋やレストランにはちょっと詳しくなった。築地本願寺のインド風本堂や境内を見学したり、隅田川の川辺で行き来する屋形船を眺めたり、夜の徘徊《はいかい》コースにも事欠かない。

ホテル泊まりの通院は意外なメリットもあった。カンヅメ状態で異様なほど仕事がはかどるのだ。パソコンを持ち込み翌月末締め切りの原稿を書き、小池真理子さんとの対談原稿に直しを入れる(対談ではしゃべったことがそのまま活字になる、と思っている方もいらっしゃるが、きちんと整理されて話す小池さんはともかく私の方は支離滅裂。言葉足らずで使いものにならないので、編集者やライターさんが苦労してまとめてくださったものにさらに手を入れる)。

だがゲラの受け渡しのためにロビーにやってきた若い男性編集者が、かなり気を遣われているのがわかる。「乳」「がん」とこの二つを前にしたら、若い男としてはやっぱり対応に困るだろうなぁと思う。

対談は小池さんの小説『死の島』を取り上げ、「尊厳死」をテーマに語るものだった。小説の主人公が末期がん、ということから、手術を控えた私自身のがんについてもその中で話した。その際、編集者がまとめてくださった文章が「がんを『宣告』された」になっていた。

世間のイメージと私自身が実際に罹患してみてのイメージが乖離《かいり》していることを、その表現を見たときに痛感した。「宣告」という言葉の重みや深刻さ、絶望感は初期の乳がんにはない。「告知」さえ大げさだ。検査から治療までもっと実務的でシステマティックに、粛々どころか着々と進められていくのだ。とりあえず「宣告」は「診断」に直しておいた。


入院二日前の受診では、執刀医Y先生、担当医のT先生、形成外科医のN先生の三人が一緒に診る。「神の手」プラス助手たち、の外科手術のイメージを覆すチームワークと役割分担の世界だ。

「ほぉ、きれいだな」

幾度か開陳している我がおっぱいを見てY先生がおっしゃる。病変が表面には現れていない、という意味なのだが、「きゃ、嬉《うれ》しい、ダンナだってそんなこと言ってくれませんよ」と受けたくなるのは、この先生が診断のたびに繰り出す、さりげないボケトークのせいだ。

「以前に手術を受けたことは？」

Y先生が尋ねる。

「はい。子宮筋腫です。十二、三年前」

「それに比べれば楽ですよ。麻酔薬も改善されていますし」

「そうなんですか⁉」

最初の面談の折に、このY先生から希望するなら、カウンセリング等、精神的なケアも受けられる旨を伝えられた。また小池真理子さんは、対談終了後の別れ際に、「もし辛いことがあったら」とそっと精神腫瘍科《サイコ・オンコロジー》のクリニックの連絡先を手渡してくださった。

だが、ぱっちりお目々のY先生の笑顔と若い女医さん二人の、まったく大げさでも深刻でもなく、すこぶるリラックスした応対には、「がん」という病気を特別なものとしてむやみに怖がり、不安がる気持ちを生じさせない雰囲気がある。前向きでも後ろ向きでもなく、まさに平常心で治療に向かわせる流れがあるのだ。

……のはずが、最後の麻酔医の先生との面談でガツン、と来た。

ダンナと二人、上層階の手術室脇にある先生の控え室に通されて数分後、のっそり現れた大男のお医者様。もじゃもじゃの眉毛と髭《ひげ》、頭髪を覆った恵比寿様のような透明な手術帽。よれっとした執刀着に、足にはビニール製のシューズカバー。

たった今手術を終えたというより、血刀をぶら下げて戦場から戻ってきたばかりの武者、という風情。全身から消毒薬とも血の臭《にお》いともつかない臭気を立ち上らせている。

びびりながら、アレルギーは？　普段の飲酒量はどのくらい？　といった問診と説明を受ける。外科手術の現実とはこういうものなのだ、という身の引き締まる思いを私たちに残し、先生は忙しそうに別室に消えていった。

入院前日、旅行用スーツケースを転がしてダンナと二人、築地のビジネスホテル「アマネク」にチェックイン。狭い机で『鏡の背面』の著者校正を行った後、夕刻、会議のために神保町《じんぼうちょう》へ。戻ってきて、アマネクの広い湯船にゆっくり浸かり、翌日の入院に備え、全身を入念に洗う。

翌朝は早く目が覚め、再び『鏡の背面』の分厚いゲラに赤入れをする。できることなら手術前に最後まで終わらせたい。いくら楽な手術と言われても、万が一ということがある。途中でお腹《なか》が空《す》いてコンビニに走り、朝ご飯を買ってくる。

ダンナに勧めるが「ん……いい」と首を横に振る。

「さすが、わし、食えんわ」

病気や手術の折に、一番、心配し不安になるのは患者本人ではなく家族や身近にいる者だ。たぶん本人の不安や恐怖心を、責任感とともに無意識に背負ってしまうからだろう。それを渡してしまった患者本人の気持ちは楽になる。

「退院したら、おいしいものを食べにいこうね」と、手をつけることもなく置かれたままのおにぎりを見下ろす。

4 手　術

「バストが邪魔」巨乳温存マダムのゴージャスな愚痴と、手術台上のガールズトーク

入院当日はやたらに忙しい。パジャマや着替えをしまう間もなく看護師さんや先生が次々に現れ、手術の説明や検温、問診などを行う。

手術を控えた患者は、ただまな板の上の鯉《こい》で寝ていればいいわけではない。個室のシャワーで髪や体を洗い（手術する側の胸から腹にかけては、細菌感染を防ぐために特殊な洗浄液とスポンジで入念に洗う）、輸液がわりの飲料を数本手渡され、それを指定された時間に飲む、手洗いに置いてあるカップに尿を取り、排泄量を量って所定の用紙に記入する、やはり感染を防ぐために指定の時間に鼻の穴に薬を塗る等々、こまかな「仕事」がたくさんある。

自分の体は自分自身のもの、管理者は自分。治療を受けるに当たっての患者の主体性を、ｔｏ　ｄｏリストを提示されてチェックしながら行動することであらためて自覚させられる。

一人になった折に病室内をガラケーで撮影。「これが帝国ホテルより高い個室」とコ

メントをつけてあちこちにばらまく。

聖路加病院にまつわる噂と伝説には、「豪華なセレブ病棟」というのもあるが、私が入ったスタンダード個室は、電動ベッドのヘッドボードに酸素吸入器やライトなどのものものしい装備がつき、手洗いには排尿量を量るカップが常備されて消毒薬の臭いが漂う、紛れもない普通の病室だ。ちなみに一泊三万の差額ベッド代は相場であり、調べたところ国立がんセンターや虎の門病院もそのくらいということが判明。もちろん帝国ホテルはもっと高い。

そうこうしているうちに昼食が来る。聖路加にまつわる噂と伝説のお次は、「食事が豪華。希望すれば最上階のフレンチレストランから取れる」。

だがお盆に載っているのは、煮魚、野菜の炒《いた》め煮、和《あ》え物。献立も食器も普通の病院食だ。豪華はウソ。でも、おいしい。冷めていても、豪華でなくても、見た目がおいしそうでなくても、ちゃんとおいしい。良心的に作られた優しい味だった。ちなみに「フレンチレストランから出前」もウソ。そもそも病院の最上階にフレンチレストランなど存在しない。一階にある病院食堂で作った特別食を取れる、ということのようだ。

食事を終えてすぐにゲラを引っ張り出し著者校正作業。

午後の三時過ぎに、翌日の切除手術と同時に行われるセンチネルリンパ節生検の事前処置がある。

センチネルリンパ節、とは、乳がんから流れ出たがん細胞が最初にたどり着くリンパ節のことだ。乳がんでは主に腋《わき》の下のリンパ節への転移がしばしば起こるが、最初にがん細胞がたどりつくセンチネルリンパ節を乳がん手術と同時に取って、そこにがん細胞があるかどうか調べる。もし無ければ腋の下のリンパ節を切除しないで済む。がん細胞がそこで発見されれば腋の下のリンパ節を広く取って、離れた他の臓器に転移している可能性について調べる。

昔は乳がん手術と同時に有無を言わせず腋の下のリンパ節を広く切除して他臓器への転移の可能性を調べていたそうだが、そのために腕がむくんだり上がりにくくなったりと、術後に様々な不都合が起きる。取らないで済むならその方が良い。

それで手術に先立ち、乳房に放射性同位元素を注射し少し時間をおいてから腋の下をX線撮影することでセンチネルリンパ節の場所を確認し、皮膚の上にマーキングする。

死亡率を減らすだけでなく、術後の運動機能低下や痛みといったことへの対応も、この二〜三十年でびっくりするほど進化している。

夕刻、約十年前にやはり乳がん手術を受けた友達がやってきてゆっくりおしゃべり。再発への不安や長く続く痛み、体力低下、そんな中で看取った父親のことなどなど、みんなに慕われる姉貴分の屈託の無い笑顔の下にあったあれやこれやを知る。しみじみだれかと語り合うなどというチャンスも、病気が与えてくれるものの一つかもしれない。

元職場の大先輩、温存手術を受けた巨乳お局Mさんからも電話がかかる。はるばる地元から出てきてくれるということだったが、あいにくその日は手術当日なので、お気持ちだけいただくことにした。彼女のがんは高齢の両親の介護中に発症したのだが、他の病院でセカンドオピニオンを受けて経過観察。数年後、ご両親を見送ったタイミングで手術を受けた。幸い再発していないが、その後独身の弟さんが脳梗塞で倒れ、現在、そちらの介護で忙しい。そんな中でお見舞いの日程を設定してくれたのだ。それにしても時間差トリプル介護と並行して抱えた自身のがん。深刻度125％の状態が十年以上も続いているというのに、機関銃のごとく愚痴を連射しながらMさんはいつも元気だ。

「で、何よ、篠田さん、温存じゃなくて切除なの？」

「Mさんみたいな巨乳ならともかく、私が温存やったたって何も残らないよ」

あっはっはーと笑った後に、Mさんは愚痴る。

「でもさぁ、重たいし、肩凝るし、ほんっと邪魔でしょうがないのよね、もう、両方とも全部取ってもらいたいわ！」

バチ当たりめが……

四月二十日。手術当日。早朝から目覚めたので、『鏡の背面』の著者校正を続ける。

六時に看護師さんがやってきて検温。

ｔｏ ｄｏリストに従い、早朝からシャワー室で手術部位の洗浄を行い、尿量を量り、鼻の穴に殺菌剤を塗り、昨日に続きアルジネードウォーターという飲む点滴のようなものを服用する。前夜の十二時以降は絶食なので朝食はなし。冷蔵庫で冷やした薄ら甘いアルジネードウォーターがおいしい。

看護師さんの説明や先生方の診察、そしてｔｏ ｄｏリストの合間を縫ってひたすらゲラ直し。根を詰めすぎたせいではないのだろうが、午前中から頭痛が始まり、全身がだるい。気のせいとか心理的なものと言われそうだが、本当に体調が悪いのだ。手術が先送りになるのも面倒なので、看護師さんにも先生方にも不調は訴えない。

横になると頭痛がひどくなるので窓際の椅子に腰掛けて仕事。その間にもＰＣや携帯に親類、友人、知人から、お見舞いメールが届き、せっせと返信する。

三十年以上も昔、検査入院したときには、病院の特異な環境下、お年寄りや長期入院の人々に囲まれ、一日中パジャマを着て過ごす生活の中で、それまで居た世界から切り離されたような孤独感と閉塞感に苛《さいな》まれたものだ。ナースステーションに置かれた一台のピンク電話で、「用件は手短かに」と看護師さんに釘《くぎ》を刺されつつかける電話だけが、元の世界へと繋がる命綱のような気がした。

携帯電話、スマホ、ＰＣ。どこにいても繋がることの賛否は分かれるが、病室とシャバの間に細い道が開かれていることで、「気分が重病」な状態を免れることができる。

「今、重慶。現地スタッフと火鍋《ひなべ》で宴会中」

「練習会場取れました、今回はブラームスの第三楽章やります」

メーリングリストやＬＩＮＥで、様々な情報や連絡事項が入ってくる。頭上を飛び交う仲間内のやりとりを眺めているだけでも、自分は忘れられてはいない、すぐにそっちの世界に戻れるという感じがして気持ちが引き立つ。

空腹をアルジネードウォーターで紛らわせ、昼前に手術着に着替えた後、夫が到着する。手術の開始は午後四時頃なのでまだまだ時間がある。絶食に加え午前十一時以降は飲水も禁止になり、暇をもてあましても、ちょっとコーヒーを飲みに一階のスタバまで、というわけにもいかない。

頭痛と頭の重さ、だるさはますますひどい。血圧は１００を割っている。もうどうとでもしてくれ、と思ったところで時間が来た。

あらかじめ指定された時間に、手術室のあるフロアに夫とともに移動。もちろん自分の足で。

待合室に夫を置いてさらに移動。立ったまま麻酔科の先生とご挨拶。説明を受けた野武士のような大男の先生ではなく、スマートな雰囲気の若い方だった。促されるまま歩いていくと正面の観音開きの扉が開かれた。

あの……手術室って、患者が歩いて入るんですか……。

そりゃそうだ。まだ普通に立って歩ける状態なのだから。

中に入って驚いた。緊張感が漂う静まり返って整然とした空間、ではない。先生方、看護師さんたちがぞろぞろといらっしゃって、真ん中に金属製の狭い手術台が。何よりも、たった今、前の手術が終わりましたという「活気」のようなものがみなぎり、市場の精肉売り場を思わせる生々しい臭いが充満している。

本日最後の手術なのだ、と実感する。

「はい、それではそこに上がって仰向けに寝てください」

「はあ?」

自分で金属製の踏み台を二段上り、台の上に横たわる。寒いなと思っていると脚に薄い布団がかけられる。電気毛布のようなものなのか、温泉のようなじわっ、とした温かさが腰から下を包む。事前に精神安定剤など服用しているわけでもないのに、そのまま眠ってしまいそうな快適さだ。

「はい、これから全身麻酔をしますが、気を失うような感じじゃなくて、耳鳴りがしてだんだん眠くなりますからね」

麻酔科の先生の説明。

酸素マスクをあてがいながら形成外科のN先生が、「鼻の形、いいですね」。

さすがはその道のプロ、と手術台の上でのけぞる。同時に、N先生の普通のガールズトークにこちらの気持ちがどんどんほぐれていく。数秒後にテレビ音声のボリュームを絞るように先生の声が小さくなる。気持ちよい眠りが来た。

夢を見ていた。良い夢のようだったが起こされる。

右の胸に、ずん、と痛みが来た。呼吸するたびに痛い。

手術は終わったようだ。

「痛みはありますか」

「あります」

声が出ない。何とか答える。

「1から10の間でどのくらいですか」

あらかじめ説明はあったが、この場で聞くと何とも間の抜けた質問だ。

「2から3くらい……」

朦朧《もうろう》とした状態でストレッチャーで運ばれていき、ベッドに転がされた。

時刻は午後七時過ぎ。けっこう時間がかかったが、乳房とセンチネルリンパ節の切除だけで、リンパ節郭清《かくせい》は無しで済んだ。

体にいろいろな管がついている。それに加えて脚にも何か巻かれた。マッサージ器だ。血栓を防ぐための。

十数年前に手術をした時は、着圧靴下だったものだが……。プシュープシューと空気が出入りしてふくらはぎを揉《も》まれるのはなかなか贅沢な感じがする。

看護師さんから再び「痛いですか？　1から10の間のどのくらいですか」と問われる。

「痛いです。2から3の間」

傍らにいらっしゃるY先生がのんびりした口調で、「ああ、痛い手術なんですよねぇ」

それを先に言ってくれ。

とはいえ点滴で鎮痛剤が投与されるとすぐに楽になる。もともとが1から10の段階の2から3なのだから、のたうち回るような激痛でもないのだ。

一世代前の方々の話では術後の痛みの凄惨さをよく耳にしたが、私はそんなものを知らない。

博物館などで古代・中世の医療器具の展示を見ると、当時の手術の様を想像して震え上がったりするが、麻酔薬が用いられるようになった後も、手術に限らず様々な医療行為、あるいは病気に「激痛」は長い間付きものだった。

「死なないで済んだのだからありがたい」の時代から、QOL（クオリティ・オブ・ライフ）の向上を目指す時代へ。それだけでなく、痛みそのもののもたらす回復の遅れを防ぐために、積極的に痛みを取っていく時代に入って久しい。

うとうとと、もっと眠っていたい気分だが起こされる。

ほどなく尿道カテーテルが外され、看護師さんに見守られ、立ってトイレに。めまいなどは格別無い。

十一時前に、夜食が運ばれてきた。

早い。手術が終わって病室に戻ってから四時間足らずだ。

メニューはロールパン二つに牛乳、チーズとオレンジ。

半分食べれば点滴が外れるが、無理しないでいいとのこと。

全身麻酔の後なので、気持ち悪くなっても困るなぁ、と恐る恐るオレンジに手を出す。おいしい。

次いでロールパン。ふっくらしっとり。なんだ、このおいしさは。チーズを挟んで食べると絶品。一つだけにしておこうと思ったが止まらない。

牛乳はいつになくコクがあり甘い。どれもこれも今まで経験したことのないような至福の美味だ。

前夜からの二十四時間断食の効果か。

完食した。下げに来られた看護師さんが少し驚いたような顔をして、点滴を外してくれた。

吐き気はまったくない。事前に聞いてはいたが、麻酔薬の進歩にあらためて驚く。

朝から続いていた頭痛とどうにもならないだるさも取れていた。あの不調はお腹が空いていたからだったようだ。

立って歯磨き洗面を済ませてまた横になる。その間、「完食」「ひとりぼっちでヒマだ」「寝る！」といったやくたいもない内容の携帯メールを夫に送る。夫の方は夜の十時過ぎに自宅にたどりついたとのこと。手術は受ける方より立ち会う方が疲れるものだ。身体的にも精神的にも。

5　院内リゾート

読書三昧とオプショナルツアー

翌朝六時前に目覚め、またしても夫に携帯メール。痛みと違和感はあるが、大したことはない。やることもないのでのろのろ起きだし、出窓にゲラを置いて『鏡の背面』の著者校正の続きにとりかかる。窓からは道を隔てて聖路加のツインタワー。建物の間からきらきら光る隅田川の川面が見える。自分の仕事部屋より環境が良い。

朝食後にY先生が見えてささっ、と胸帯を外した。

えっ、そんな早く？　そしてびっくり。ガーゼや絆創膏《ばんそうこう》でしっかり保護されていると思った傷口は、きわめてシンプルに肌色のテープで留められているだけ。中にティッシユエキスパンダーやドレーンが入っているので、皮膚はでこぼこと盛り上がっているが、内出血のようなものはない。その上に直接パジャマを着てOK。歩き回るときだけ、揺れ防止のために術後専用ブラジャーを着けるようにと看護師さんから指導がある。

さっそくあの鎧のようなチェコ製のブラを着装する。腫れが引いていないので、ホックは半分外して着けるようにとのことだ。

ドレーンから流れ出る液体を溜《た》めるポシェット状のバッグを首から下げ、百円玉を握り締めて病棟ラウンジにある自販機まで行く。そのままの勢いでエレベーターに乗り地下の売店で可愛らしいナイトウェアなどを物色するうちに、ちくちくと痛みが出てきたので戻る。少しはおとなしくしていろ、という警告らしい。

午後一時過ぎに『鏡の背面』の著者校正が終わる。担当新人女子宛てに「完成！　取りに来い」のメールを送るも、なしのつぶて。後に扁桃腺炎《へんとうせんえん》で動けず有休を取っていたことを知る。社会人二年生、慣れない環境で無理を重ねたのだろう。お大事に。

ほっと一息ついたところにドアがノックされた。先生方の回診か看護師さん？　と思っていると入口のカーテンの下から私服と思《おぼ》しきウールっぽいズボンが見える。大夫ならノックなどしないで入ってくるはずだが……。

えっ⁉

どこから舞い降りてきたのか、スーツ姿の紳士がソフト帽を手に立っている。

久坂部羊さんだった。

お見舞いに来てくださった。

椅子を勧め、メールでアドヴァイスいただいたお礼を申し上げ、手術が無事に済み、今のところ経過も順調であることを報告する。

「二人に一人ががんになる時代ですから、特別なことではありません。がんと共存しながら寿命をまっとうする方もいますよ」とまたしても冷静に励まされる。

それにしても、この人のこのかっこよさは何なのだ、としばし見とれる。そして気づく。服装の趣味や顔立ち、スタイルといった要素ではなく、立ち居振る舞いだ、と。女性の病室に入ってきたときの落ち着きっぷりと、相対して話をしているときの受容的な態度。白衣を脱いでも久坂部さんはお医者さんだった。権威をまとったお医者さんではなく、おそらくは患者さんから無条件に信頼を寄せられてきたお医者さんなのだろう。

関西在住の久坂部さんだが、この日は著作のドラマ化の打ち合わせのために東京に出てこられたとのこと。忙しいスケジュールの合間を縫ってのお見舞いに感謝である。

エレベーター前で見送った後、さっそく小池真理子姐《ねえ》にメールで報告。

「今、パジャマ姿でだらけていたら、病室に久坂部さん登場。ものすごいダンディでたまげた。亭主のいない個室で創作欲をそそられる昼下がりです。片方を失うこととセクシュアリティをテーマに一本書けそう」

実は、三月の対談の折に、小池さんから乳がんで乳房を切除することとセクシュアリティについての質問を投げかけられたのだが、還暦過ぎのおばさんにとってはあまりピンと来ないまま時間切れで対談が終了していたのだ。

即座に返信が来た。

「片乳(!)になったばかりで、まだ傷も癒えていないというのに、殿方にエロスを感じるとは、さすが‼ うーむ、その生命力の強さは、あっぱれです。めきめき回復間違いなし」

いや、別に、発情はしてませんですが……。おばさんの現実はどこまでもモノクロなのだが、創作の導火線に火がつくや否や、LSDもかくやと思われる虹色に輝く世界の連続爆発が起きるのが小説家という生き物だ。


手術翌日ということもあり先生方や看護師さんが入れ替わり立ち替わり様子を見に来てくれる。そのたびにパジャマの前をぺろん、と開いて、「はい」と乳房を丸出しにする。看護師さんが慌てて窓のカーテンを閉める。

「うん!」とチームの先生方が「我ながら会心の出来」という表情でうなずく。

病気になって、治療や検査の対象になったそのときから、身体の器官は性的な意味など失う。乳房も腕も性器も足も顔も内臓も変わりはなくなるのだ。

だれもいなくなった後に、洗面所の鏡で自分の胸をあらためて見る。

ティッシュエキスパンダーが入ったうえ、術後の腫れもあって、右胸は切除前よりも盛り上がっている。その盛り上がりのど真ん中に横一本、生々しい傷痕が走っている。そんじょそこらの姐さんのモンモンも裸足《はだし》で逃げ出すこの凄《すご》み。

午後の三時近くに夫が飲み物を持って訪れたので「はいよ」と見せてやると「お——」と感嘆の声を上げていた。

夕刻あたりから携帯にお見舞いメールや電話が次々に入る。

年配の親類たちが申し訳ないくらいに心配してくれる一方、同年代から少し年下の友人知人とは、「そういえばあたしのときはね」とか、「うちも妹が昨年、取ったよ」といった具合に普通のやりとりになる。それだけありふれた病気で、たいていは治り、その後は日常生活の中にその記憶も埋もれていくのだろう。だがひとつ間違えば命を持って行かれる。何とも複雑で多様な面を見せる、油断のならない病気が乳がんだ。

ちなみにこの病気を公表すると、最先端医療、自然療法はもとより、怪しげな加持祈《かじき》禱《とう》まで、様々な方面の勧誘が来るという話だが、私の場合には、それに関してはまったくなかった。よほど金が無いと見なされているらしい。

「シャンプーしてみます？」

病室に華やいだ声が響いた。おしゃれ系の若い看護師さんがにこにこ笑って立っている。手術から二日後の午前中のことだ。

はーい、とためらわずについていくと、ナースステーションの裏側にシャンプー台と椅子があった。美容室にあるのと同じシャンプー椅子に腰掛けると、看護師さんが美容師さんの手際で、すいっと椅子を倒し、しゃかしゃかと洗ってくれた。

えっ、いいの？　さしたる重症でもないのに、恐れ多くも看護師さんに髪を洗わせている……。

「病院でこんなことしちゃうんだ！」

「そう、昔は皆さん入院とか手術とかいうと髪を切ったらしいですけど、それって気分もダウンするじゃないですか」

然《しか》り。

トリートメントもすすぎも終わって、さっとタオルドライ。

「ドライヤーはそこにあるのでどうぞ」と、傍らの化粧台を指差すと、看護師さんは車椅子で待っていた別の患者さんの洗髪に取りかかる。

浮き浮き感に鼻歌の一つも出そうになりながら髪を乾かした。

さっぱりして気持ちいい、のはもちろんだが、洗髪中の看護師さんの明るいトークと「美容室」の雰囲気に入院中であることを忘れた。これはヘタなカウンセリングより効果大かもしれない。

ふと、二十数年前にさる大病院の主催する介護教室に通ったことを思い出した。

ベッドに寝ている被介護者の頭を囲むように、畳んだタオルをU字形に置き、その上からビニール風呂敷を敷いて土手を築く。片手で被介護者の首を浮かし、傍らのバケツから汁椀（！）でお湯をくみ出して髪を濡《ぬ》らす。シャンプーした後は、その汁椀でゆっくりお湯をかけてシャンプー剤を流す。汚れた水はベッドの下に置かれたバケツに落ちる。

被介護者役である受講生の頭にプラスティック椀でお湯をかけながら、ひどく落ち込んだ覚えがある。身の回りの物を使うにしても、プラスティックの汁椀と、布団の上にビニール風呂敷か？　若い娘どもの朝シャンが流行《はや》って、普通の家でもシャワー付き洗面台を取り付けた時代のことだ。

絶対安静の病人や怪我人《けがにん》ならいざ知らず、要介護者になったとたんにこれかよ、と暗澹《あんたん》たる気持ちになった。

在宅介護サービスが普及した現在は、状況は多少変わっているのだろうが、それでも限界はある。

洗髪台、専用椅子、歩行器、車椅子で入れるトイレ、歩き甲斐《がい》のある室内空間。自分や自分の親の入院、入所などを経験すると、そうしたハード面のありがたみを痛感する。もちろん病気の状態や要介護度によるが、建物と設備と道具で、患者や高齢者の動ける生活空間は大きく広がる。

「住み慣れた自宅で過ごしたい」がまさに万人の望みであるかのように喧伝《けんでん》されるが、住み慣れた我が家で見慣れた天井を見つめて暮らすのも、ベッド上で洗髪され清拭《せいしき》されるのも、私は嫌だ。可能な限り水洗トイレで排泄し、機械浴でもいいからベッド以外の場所で髪と体を洗いたい。

だが実際には設備の整った施設や病院でも、日常生活の延長線上に死を迎えるのは難しい。

一人でトイレに行って用を足せるにもかかわらずポータブルトイレの使用を強制され、歩ける人が車椅子に乗せられ、一人で廊下を歩き回るのを禁じられることもある。

転倒や不慮の事故を避けるためだ。何か起きれば、ただでさえ人手の足りない現場で職員はその対応に忙殺される、だけではない。

怪我でもすれば、責任追及、裁判、実態を知らない、あるいは知っていてもネタ探しに奔走するメディアの格好の餌食となる。

内視鏡手術に失敗しました、介護士が暴力を振るいました、の類の事件と、高齢者が廊下で転んだり、お茶を飲み損なって肺炎を起こすのとでは訳が違う。

誤嚥《ごえん》も転倒も確率の問題で、ある程度の年齢になれば天命に近付く一刻《ひときざみ》のはずだ。それを否定すればケアする側の負担は限りなく重くなり、コストは天井知らずに跳ね上がる。現実的には拘束や経管栄養に行き着くしかない。転倒もその他の事故も、家庭内の方がより多く起きているはずだが、家族がやらかしているかぎり、無責任な親族親類が非難の言葉を口にすることはあっても、だれも裁判など起こさない。

昨今の在宅医療、在宅介護の流れは、あたかも患者本人、高齢者本人の希望のように伝えられているが、国も社会もそのコストに耐えられなくなっていることが大きい。コストを極大化させているものは、結局のところ、命に終わりがあること、高齢になれば命の炎が不意の風に突然消えてしまうものだ、という現実を否定する現代日本人の思考とそれに沿って行われる終末医療や終末ケアのあり方にあるのではないか。

人は永遠に生きられないが、ハード面の進歩によって、死の間際までそこそこの快適さを享受できる可能性は、この二十年の間に飛躍的に高まったはずだ。事が起きた場合に、だれかのせいにして自身の心理的負担を減らそうなどという気さえ起こさなければ。

手術から二日後、下半身のみ、シャワーが解禁になった。まだ患部を濡らせないので上は着たまま、ドレーンからしたたる血液混じりの体液を受けるポシェットを首からぶら下げ、パジャマの下とショーツを脱いで、トイレとカーテンで仕切られた狭いシャワーブースに入る。

勢い良くザーッとできるわけでもなし、何だか面倒臭いなと思いつつ、ハンドシャワーで腰から下に温かいお湯をかけると、これが存外に気持ち良い。

上半身については渡された蒸しタオルで拭いたが、下半身だけとはいえ温かいシャワーを浴びると生き返ったような気分になる。

洗髪や手術翌日に背中を拭くのは看護師さんにしていただいたが、手術前の胴部の洗浄も含め、患者が「自分ですること」は入院中は意外に多い。以前であれば看護師さんが、はるか昔は付き添いの人がやってくれたことだ。

そしてこれは退院後の話になるが、傷を縫った部分のテープの貼り替え（テーピング）についても自分で行う。中に入ったティッシュエキスパンダーによって皮膚が左右から引っ張られるので傷口を保護するための処置だ。テーピングといっても、長く切ったテープを傷口に沿って一本貼り付けるのではない。幅二センチくらいのテープを三センチほどの長さに切って、傷口の上に縦に隙間なく並べるように貼っていくのだ。

形成外科のN先生は、おしゃべりしながらひょいひょいひょい、とやってしまうが、いざ鏡を見ながら自分で貼ろうとすると人の体は平面ではないのでけっこう難しい。傷口を外れてやり直したりしながら、コツを飲み込んでいく。以前であれば、こんな程度のことも通院で行っていたのだろうが、自分でできるならわざわざ遠くまで通わなくて済む。それ以上に自分の術後の傷口と胸全体を、怖がることなく自分のものとしてしっかり見て触ることは、心理的な効果も大きいのだろうと思う。何より、幼い頃から不器用で、母親や周囲の大人や、ときには友人たちからまで何かと面倒を見られて生きてきた私にとって、この入院体験はこの先の心構えにおいてよい勉強になった。

できることは患者自身が行い、早々に退院しても自己管理と自立ができるようにする。その方針はどこの病院も共通のようだ。

私のような初期の乳がん患者だけではない。再発組の重症患者についてもそれは同様らしい。

　別の病院で人工肛門《こうもん》と人工膀胱《ぼうこう》のストーマを同時に着けた友人は、疼痛《とうつう》が引かないうちから、ストーマの処理の指導を受けたと聞く。皮膚の消毒も含めかなり面倒な作業なのだが、痛みと闘いながら練習を繰り返し、退院時には奥さんも感心するくらいに完璧にマスターしていたという。

　その話を聞いたときには思わずため息をついた。大腸がん家系の私の周りには親のストーマの処理をしていた人が二人いる。一人は叔母、もう一人は従姉妹。叔母の方は遠い昔のことだが、従姉妹はせいぜい十五、六年前の話だ。昼夜を問わず呼ばれれば寝室に駆けつけ、呼ばれなくても溜まっているかどうか頻繁に確認し、一日に何度も排泄物の処理を行った。寝られないことが何より辛かったと話してくれたが、親の方はさほど高齢でもなく、認知症も患っていなかったのだから、入院中に指導を受けてマスターするまでしっかり練習し、それは自分でやるものだ、という自覚と技術を持って退院していれば、家族に無用の負担をかけることもなく、何より自らのプライドを守れただろうに、と思う。

　体をきれいにすることから、ストーマの処理まで、年配の方は「そんなことまで患者にやらせるの？」と口にされるが、退院後の自立を射程に入れて治療が行われることは重要だ。生活上の必要や家族の負担軽減だけでなく、自分の体を自分で管理する自覚が生まれ、そのことによって異変があればすぐに気づくことができるからだ。

お見舞いに来てくださった久坂部羊さんの言われた、「がんと共存しながら寿命をまっとうする」という状態は、そんな努力の上に実現したことではないかと思う。

がんに限らず、中高年になればだれでも持病の一つや二つは持っている。病と共存するにしても、早期発見早期治療を実現するにしても、ますます自己管理の重要性は増してくる。「病気なんだから、おまえが面倒みろや」とふんぞり返っている場合ではないのだ。

ちなみに膀胱と肛門、双方のストーマを着けた友人は、体のあちこちへの転移を抱えながら、現在、定年退職後に始めた仕事に精を出し、私たちと一緒に遊び、居酒屋でオダを上げ、ときに施設にボランティアに出かけ、と重症なわりに意気軒昂《いきけんこう》だ（実母の介護だけは他の人に替わってもらったようだが）。

『鏡の背面』の著者校正が終わり、術後三日目から、「小説新潮」に掲載するシリーズ短編「肖像彫刻家」の第二稿に取りかかる。乳がんと診断された直後には、締め切りに間に合うのか危ぶまれたのだが、快適な入院環境のおかげで意外なほどはかどる。というより、テレビを見たり、本を読んだりしている間は、鎮痛剤を飲んでいても、右胸に不快な痛みと違和感が常にあるのだが、なぜかパソコンに向かって原稿を書いていると何も感じない。もともといくつものことを同時にこなすのが苦手なので、何かに集中すると他の刺激を脳みそがシャットアウトしてしまうらしい。便利なんだか危ないんだか……。

病気の種類や病状にもよるのだろうが、原稿書きに限らず、人によっては編み物やパッチワークなんていうのも良いのだろうな、と思う。

ベッド上の読書については、入院前夜に出席した会議で、隣に座っていた偉いおじさんから、「これおもしろいから君にあげるよ」と言われてもらった山本弘著『怪奇探偵リジー&クリスタル』が、おじさんの言うとおり、存外におもしろかった。昔懐かしい、あの夢枕獏《ゆめまくらばく》さんが書いて一世を風靡《ふうび》したノベルス版伝奇小説のようなものかと思ったらかなりテイストが違う。第二次大戦前夜、LAに事務所を構える、金髪美女探偵リジーと、助手の透明少女クリスタルが事件を解決、と言えば普通のB級ノベルを想像するかもしれないが、第一話こそそれっぽいものの、第二話以降は、前世紀の特撮トリビア、錬金術、タイムトラベラーに異次元生物と、オタク感満載だ。特に主人公リジーの素性が語られるホムンクルスの話は圧巻。審議会、評議会に出てくる偉いおじさんが読んでる本なんか、ビジネス書以外はどうせ司馬遼太郎か塩野七生くらい、と見くびっていたら、してやられた。ありがとう、おじさん。そのままの勢いで同じ著者の『神は沈黙せず』をＡｍａｚｏｎで注文する。

翌月曜日の午後、対談でお世話になった文藝春秋社の女性担当者三人がお見舞いに来てくれたのだが、ちょうど直前に従姉妹も到着。そのうえ夫までいたから、いくら個室とはいえ大入り満員。座るどころか立っている場所も無いので、夫を残し、編集者と親類、女五人で院内探索ツアーに出かけた。

大病院の多くがそうであるように、聖路加にも屋上庭園がある。バラやツツジ、様々な草花の間に快適な散歩道が作られ、隅田川のゆったりした流れが望め、いつ訪れても入院患者や見舞客の姿が絶えない。

向かいに見える聖路加レジデンスにどんな有名人が入っているの、何が起きているの、などという噂話に花を咲かせた後は、地下にある売店でナイトウェアを物色。どれが可愛いの、だれのイメージだの、とガールズトークが炸裂《さくれつ》する。本当に可愛いデザインが多くて、お値段も手頃。病院売店はナイティを買う穴場かもしれない。

聖路加の病院内に高級フランス料理店がある、という噂はウソだが、院内にスタバがある、という話は事実だ。一階のエントランス前に店舗がある。残念ながら販売のみで喫茶コーナーはなく、みんなでティータイムは叶《かな》わず、そのまま旧館に移動。

都内の病院に詳しい友人から「聖路加は、イメージほどきれいでも豪華でもないよ」と釘を刺されてきたが、その通り本館は設備が整った普通の大病院だ。だが蘭《らん》や絵画の飾られた渡り廊下を通り旧館に入ると、確かにきれいでも豪華でもないが、何やら由緒ありげな雰囲気が漂ってくる。緩和外来の前を通り過ぎさらに進むと、礼拝堂がある。聖路加とはすなわち聖ルカ。礼拝堂はこの病院を象徴する歴史的建物で、日本各地の観光地に設けられた白塗り結婚式専用教会とは一線を画する重厚さだ。ネオ・ゴシック様式の天井は高く、ステンドグラスも見事だ。小雨模様ということもあって内部は薄暗く、縦長の窓から入るステンドグラス越しの光が床に繊細な模様を広げている。

ぺちゃくちゃしゃべっていた一行もさすがに荘厳な空気に呑まれて沈黙。クリスチャンか否かに関わりなく、病気を抱えた人々にとって、この場はきっと心の支えになるのだろう、と壁に貼られた礼拝案内に目をやる。オルガンコンサートなども行われるそうで、後日、私一人で訪れたときは、ちょうど奏者が練習中で、リード管の特徴的な音色で、メシアンと思しき聞き覚えのない現代音楽が鳴り響いていた。

礼拝堂の廊下を挟んだ向かい側は、看護師さんから「ぜひ行ってみるといいですよ」と勧められた広々としたロビーだ。古びた木製の床と革張りのソファがクラシックホテルを思わせる。庭の緑が望めるほの暗い内部では、患者や休憩中のスタッフ、学生などがぽつねんと座っていたり、本を読んでいたり、うたた寝したりしている。そのだれもが瞑想《めいそう》中のように見える、どこか浮き世離れした不思議な空間だった。

6 退　院

自宅療養時の不安「先生、右側が叶恭子になっています！」

仕事に院内探索にと、入院生活は慌ただしく過ぎ、手術四日目には胸のドレーンを抜いてもらい、翌日に退院となった。

一泊三万円の差額ベッド代、一ヵ月入っていれば百万近くが吹っ飛ぶ、はずが、初期乳がんの手術ではこんな程度のものだ。

しばらくの間、胸を揺らすような運動をしないように、痛みがひどい場合や発熱した場合は、胸帯で押さえてすぐ来るようにとチームの先生方に告げられ、豪雨の中、病院を後にする。

ＪＲとバスを乗り継ぎ二時間半かけて帰宅。

途中、八王子の駅ビルで昼食を取る。体に良さそうなＭＵＪＩカフェのご飯だが、病院食に慣れた舌にはどれも味が濃く感じられてびっくりした。久々の町の喧噪《けんそう》が何よりのごちそうだ。

戻ってきてさっそく老健にいる母の衣類の準備に取りかかる。

夫が洗ってくれたものだが、さすがというべきか、ポケットの中に入れてあった紙を出さずに洗濯機に突っ込んだらしく、ズボンやカーディガン、靴下に至るまで、溶けて乾いた紙がへばりついて真っ白になっている。数十年も前のオイルショック時のトイレットペーパーパニックの危機感がよみがえったのか、もう十年以上、母はトイレを使うたびに、ホルダーの紙を山と巻き取ってはポケットや枕元に溜めておく趣味があるのだ。

衣類についた紙をガムテープで取ろうかと思ったがやめて、数日後、面会と洗濯物交換の折にそのまま施設に持っていった。

二週間ぶりくらいに会った母は相変わらず元気だ。足腰、口も達者。

「あんたどうしたの、ちっとも顔を見せないで」と開口一番に言われるのは挨拶がわりで、二日おきに通っているときも同じだ。面会の記憶は母の中に残らない。

「土曜日に来たばっかりだよ」

平然と嘘《うそ》をつくのも、私のいつもの対応だ。

がんのこと、手術のことは話さない。記憶はすぐに消えるが病気については鋭く反応して、悲観的な気分が後々まで残ってしまうからだ。

がんは食べ物と生活態度が原因、婦人科系の病気は性的に放縦だったから。そう固く信じている大正生まれの母の前で、うっかり病気の話はできない。あんなに苦しい思いをして産んでやったのに病気になんかなって、と嘆かれるのも面倒だ。子宮筋腫で手術したときは、もう私は孫の顔を見られないのかと泣かれた。ったって、あたし、もうすぐ五十ですぜ、というのは、自分の年齢が永久に七十で止まっている母には通用しない。

　面会コーナーで話し相手になりながら、携えてきた衣類をおもむろに出して、真っ白にへばりついた紙をガムテープで剥がし取り始める。

「あんた、何やってるの？」

「ポケットの紙を出さずに洗濯機で洗っちゃったんだよ」

「まったく、あんたは昔から不注意なんだから。洗濯する前にはちゃんと★○×★……」

「うるせえわ」

「あーあー、よこしなさい。ちゃんと取れてないじゃないの」

　私の手元から衣類とガムテープを取り上げて自分でぺたぺたと紙を取り始める母。すべて計画通りだ。子供に説教する、手仕事をする。それでプライドが保て、やるべきことができる。

　このままだとお金が尽きて飢え死にする、朝から何も食べていない、職員が私たちの会話を盗み聞きしている……等々の根拠のない不安と猜疑心《さいぎしん》にとらわれた心が、こんなことでくるりと方向転換するのだ。

「うちのやつも何か道楽があればいいんだけんど」

生前、父が叔父に向かい、ぽつりと漏らした言葉だ。道楽、すなわち趣味。現在の高齢者よりもさらに上の世代の母は、女が趣味を持つこと、用もないのに出歩くこと、おしゃべりに時間を費やすことを「悪いこと」として育った。だから公民館で主催する歌や民謡、陶芸の会になどいくら誘われても行かなかったし、むしろそこに集まる人々を批判的に見ていた。老健がリハビリとして行う、歌唱や手芸、習字の類も嫌がる。折り紙、お手玉も子供の遊び、として熱心に取り組んだりはしない。だが手仕事には意欲を燃やす。

症状が進み、手先は不器用になってしまったが、幾度も幾度もガムテープを布に貼り付けては剝がし、ほこりの一つ一つまで丁寧に取っていく。

手仕事が好きなのは母だけではないのだろう。以前に施設を訪れた際、大テーブルで入所者のおばあさんたちとおじいさん職員が一人、みんなでおしぼり用のタオルを巻く作業をしていたが、そこのテーブルからだけは日常的な活気が立ち上っていた。

帰りがけに、介護士さんに呼び止められ、「これ、ほつれていますので」と汚れ物とともにズボンを渡される。

あーあ……。

長身の私の親とも思えない、146センチ、ウエスト3Lの母は既製服が合わない。袖も裾も切って縫い縮めなくてはならないのだが、股上《またがみ》も深すぎてそのままでは穿《は》けない。ウエスト部分を切って詰め、ゴムを入れ直すのだが、我が家にミシンはないので、三つ折りにしてまつり縫いにする。

ところが人の腹回りは食後と空腹時でサイズが変わるから、いくらゴムとはいえ、苦しかったり、ずり落ちたりする。そこで母はまつった部分の糸を力ずくでぶち切り、中のゴムを引っ張り出して自分で調節する。糸は当然、切れたままだから、縫い目はほつれてくる。それを私が持ち帰り繕う。これがほぼ毎回繰り返されていたのだが、こっちも退院してきたばかりで、やることが山と溜まっていて忙しい。

で、それから三日後に面会に訪れた折に裁縫道具を持参した。

案の定、「よこしなさい、あんたの縫い方はなってない。針に糸通してちょうだい。いつまで時間がかかってるの、糸通すだけで」

「るせぇ、こっちも老眼だ」

玉留めも、まつり縫いももはやできないが、慣れた手つきで嬉々《きき》として針を操る母。雑巾を縫うような並縫いで、針目はむちゃくちゃだが気にしない。どうせ上着に隠れるのだから見えやしない。ほつれたらまた縫ってもらえばいい。こんな仕事をしていると母も上機嫌だ。

退院後三日で世間はゴールデンウィークに突入した。聖路加病院の外来も休みに入る。

当然のことだが痛みや不快感はまだ取れない。術後用ブラジャーでしっかり押さえて揺れを防ぎ、能役者よろしくそろそろとすり足で歩く日々だ。

退院五日目の午後、階段を使って階下に下りたとき痛みが不意に強くなった。一瞬のことかと思ったが、いつまでも引かない。触れてみると乳房全体が熱い。手術をしていない左胸に比べて明らかに皮膚の温度が違う。

炎症が起きたのか?

慌てて鏡の前でブラジャーのホックを外す。

げっ、と仰《の》け反った。右だけが、叶恭子になっている。サイズは左の二倍はあろうか……。

たいへんだ。これは退院間際に主治医の先生に説明された緊急事態だ。

青くなって聖路加病院に電話をかける。

あろうことか、回線が混んでいて繋がらない。しばらくしてかけ直しても同じ。

ゴールデンウィーク三日目、同じようにパニクっている人はたくさんいるようだ。

しばらくして電話は大代表に繋がったが、今度はブレストセンターの内線が混んでいて通じない。

二時間くらいしてようやくブレストセンターの看護師さんと話すことができた。

「ひどく痛みますか?　鎮痛剤が効かないくらいひどいですか」

「いえ」

「熱を持っているのは乳房だけですか、体温は高くなっていますか？」

「乳房だけです。熱は微熱程度。でも大きくなってるんです、すごいです」

叶恭子です、とは言わないが、必死で訴える。

「ええ、手術した方は大きくなりますよ」

「はぁ？　そうなんですか……」

拍子抜けした。摘出手術とともに埋め込んだティッシュエキスパンダーは、七〜八ヵ月後にシリコンを挿入する手術に備えて皮膚や筋肉組織を伸ばすためのものなのだから、健康な方の乳房に比べて大きくなるのは当然らしい。痛みについては熱が出たりしなければさほど心配はいらないということで、すでに予約を取ってある二日後まで待つことにした。

ゴールデンウィークの谷間の五月一日、形成外科のN先生の前で叶恭子状態になった右胸を開陳すると、格別、驚いた風もなくN先生がうなずいた。

「ああ、水が溜まったみたいですね」

ティッシュエキスパンダーで膨らませているのに加え、患部に水が溜まり、さらに大きくなっていたのだ。入院中はドレーンから滲出液《しんしゅつえき》を出していたが、ドレーンを抜いた後も、人によっては液が分泌されてそれが患部に溜まってしまうらしい。エコーをかけると確かに下の方にかなり大きな水たまりが見えた。

「ちょっとちくっとしますけど、ごめんなさいね」

いえ、別に謝られるようなことでは……。

先生が乳房の下部に針を刺し、溜まった水を吸い出す。

採取した滲出液については細菌検査に回し、感染の有無について調べるのだという。

「また溜まらないように内圧を高めておきましょう」と先生は今度は胸に埋め込まれたティッシュエキスパンダーに生理食塩水を注入。確かに理屈としては通っているが妙な感じだ。こちらは乳房の中央部に針を刺すが、皮膚の感覚が鈍くなっているので痛みはない。

水を出して水を足したわけだから、叶恭子サイズは変わらない。形が少し良くなった程度だ。

帰り際に先生からお風呂に入ることを勧められた。退院時にはすでに入浴は解禁になっていたのに、細菌感染を恐れた私はずっとシャワーで済ませていたのだ。

「お風呂で温まると、血行が良くなって滲出液が吸収されますからね」

なんと！

帰宅してさっそく入浴。約半月ぶりのお風呂は天国の気持ちよさだ。肩まで沈むと胸の滲出液がぐんぐん体に吸収されていくような気がする。とはいえその一週間後にも再び抜くことになった。それでも毎日入浴していたせいか、分量はかなり減っていた。

ゴールデンウィーク明けには乳腺外科の病理検査の結果も出た。生々しいカラー写真には、がん本体の薄切りの他に、乳腺全体にこまかくごま粒状に散らばった真っ黒なつぶつぶが写っている。これまた微少ながんだそうで、こんなものが体の中で増殖していたとは、何ともおぞましい。とはいえ転移の可能性はまずなく、抗がん剤治療も必要ないと乳腺外科のY先生に告げられる。ただしホルモン剤の投与のみ五年くらい行うということだ。

乳がんのがん細胞の増殖にはエストロゲンが関わっているのだが、「タモキシフェン」というその薬はがん細胞の持っているエストロゲン受容体とエストロゲンが結びつくのを邪魔する作用があるという。他にはエストロゲン自体の量を減らすタイプのホルモン剤もあるが、病理検査の結果からがん細胞のエストロゲンの取り込みを邪魔するタイプの薬、「タモキシフェン」の方を使うことになった。副作用ももう一つのタイプのものより穏やからしい。

それでも二ヵ月くらい経った時点で、はっきりと更年期症状のようなものが出てきた。

寝入って三時間でぴったり目覚めて、それきり寝られない、という中途覚醒は以前から周期的に現れていたが、かなり頻繁になった。久々に、いきなり首から上が熱くなるという症状にも見舞われた。

久々、というのは、私は四十九歳で子宮筋腫の手術を受けた折に片方の卵巣に腫れがあったために、子宮と共にそちらも取っている。それにより耐えられないというほどではないが、不眠とホットフラッシュ、倦怠感《けんたいかん》、大量の寝汗、といった症状が出ていた。そこでホルモン補充療法を受け、乳がんが疑われたこの三月までエストロゲン単体のプレマリン錠の服用を続けていたのである。

ホルモン補充療法を開始したのは、ちょうど母の認知症が傍《はた》からはわかりにくい形で生活上様々な影響を及ぼしてきた時期だ。こちらが不眠や気分の落ち込み、いらいらに悩まされてはいられなかった。

それ以上に自分が認知症になることを危惧《きぐ》した。母はもとより、母方の祖母、曽祖母、伯母などが晩年、認知症を患った（認知症に無縁だった伯母や従姉妹は卵巣がんや心筋梗塞で比較的若くして亡くなっている）。また母を含めて母方の親類の女性たちは揃って閉経が早い。アルツハイマー型認知症に女性ホルモンの欠乏が関わっているというのは、よく聞く話だ。

ホルモン補充療法に関しての乳がんその他のリスクについてはあらかじめ医師から説明を受けていた。が、そのときの私には、それががんか認知症か、究極の選択のように見えていた。終わりの見えるがんより、アルツハイマー型認知症の方がはるかに怖い。

間近に見ている者の実感だ。

それにホルモン補充療法の乳がん発症リスクはごく低いうえに、実際にそんな副作用があるかどうかもはっきりしていない。

エストロゲン製剤であるプレマリン錠を処方してもらっている間は、かかりつけの婦人科で、定期的に血液検査や健康診断、年に一度の乳がん検診も受けていた。五十代も終わりに近付いた頃から錠剤の量を減らしており、もうそろそろ止《や》めようか、と先生と相談していた矢先に、症状が出て乳がんが発見された。

たまたまこの二、三年、母の方が目を離せなくなり、待ち時間の長い乳がん検診を怠っていた。

間隙をついてがんはやってくる。もっともたとえ検診を受けていたとしても、私のケースでは触診やマンモグラフィーでがんは発見できなかったのだが。

そんな事情はあったが、私は自分が受けたホルモン補充療法と乳がんに関連があったとは思っていない。

初潮は十三歳、出産、授乳経験なし、子宮内膜症による不妊とそのとき受けたホルモン剤治療、などなど考え合わせると、血縁に乳がん患者はいなくても、最初から乳がんハイリスク群に入っていたようだ。というよりは、急増している乳がん患者の一人になってしまったというくらいのことだ。初期の段階で症状が出て、治療のチャンスを得たのはむしろ幸運と言っていいだろう。

そんなことでホルモン補充療法は乳がんが疑われた時点で打ち切り、乳がん手術後からタモキシフェンの服用が始まった。

当然のことながら、ホットフラッシュに中途覚醒と、諸々副作用が出てきた、というわけだ。それでもよく聞く発汗、突然、かあーっと熱くなり、真っ赤になった顔から汗がだらだら、というわかりやすい現象は起きない。

ただ、暑くなる。汗が出ない分だけ暑い、呼吸するのも苦しいほど。

対処は簡単。脱ぐ。

それまでたくさん持っていたタートルネックを襟ぐりの大きなものに替えて、カーディガンとスカーフ、ストールを活用。一件落着、と行きたいが、なんと、流行が変わってしまい、今年は羽織り物が少ないのだ。

もとよりおばさん服は、妙な飾りやど派手な模様のついた化繊のかぶり物が多い。ではもう少し若い人向けとなると、モモンガ袖にドロップショルダー、提灯《ちょうちん》トルソー、手術着風ワンピときた。おしゃれなんだか珍妙なんだか、それはいいが重ね着が利きそうで利かない。

普通のニットの羽織り物はないのか。前にボタンがついていて開け閉め、着脱自由。長さは普通、そこそこ袖ぐりが小さくて、無地でストールやアクセで自在に変化をつけられて、その上からジャケットやウィンドブレーカーをひっかけられるようなやつが。若見せもモテ色もしゃらくせえ、更年期ホットフラッシュおばさんの体温調節を可能とする服を特集しろっ、「エクラ」！

7　手術後25日の海外旅行

天使が微笑む都——七年ぶりのバンコク

手術から25日後、退院から20日後の五月半ばに、かねてより計画していたバンコク行きを決行した。

母から目が離せなくなって数年、泊まりがけの旅行は難しかったのだが、昨年十一月にその母が老健に入ってくれたのを機に、今年二月に申し込んだ。その後、私のがんが発見され手術が決まったのだが、未練たらしくキャンセルしなかった。

海の外に出たい。ブータン、チベット、インドの田舎、などと贅沢は言わない。安近短でいいから海外。長らく八王子に閉じ込められ、ここ数年、母を連れてコミュニティバスで市内小旅行しか叶わなかった者の欲求不満が極限まで溜まっていた。

もともと豪邸にも広いマンションにも、おしゃれなインテリアにも興味のない女だ。知らない世界を見たい、とにかく日本の外に出たい、という気持ちは五十を過ぎれば収まるものだろう、と思っていたが、還暦を越しても変わらない。この数年は、ひたすら衛星放送のナショジオ、アニマルプラネット、ディスカバリー等々のチャンネルを見て欲求不満を解消していた。主人公が外国でテロ組織の人質になったり、警察に捕まったりとひどい目に遭う「史上最悪の地球の歩き方」という番組さえ、嬉々として視聴していた。

手術が決まった四月初めのこと、恐る恐る乳腺外科のT先生に旅行の件を切り出した。先生はカレンダーに目を凝らし、日数を数えた後、慎重な口調で答えた。

「術後三週間経っているから大丈夫でしょう。ただし経過次第ですよ」

やった、と内心飛び上がりながら、神妙にうなずく。

「経過が良くなければ熱海にしてね」と執刀医のY先生が相変わらずボケトークをかます。

そして術後二週間目の診療日のこと。

「ああ、大丈夫でしょう」

傷口を確認した形成外科のN先生がOKを出した。

「歩き回ったり観光はするんですか？」

「いえいえ、リゾートホテルで一日中のんびりしてるだけです」

「海で泳いだりはしないでしょうね」

「人口900万の下水が流れ込むバンコクの海で泳いだら死んじまいまーす」

「まあ、ホテルでゆっくりするだけならいいでしょう。胸を揺らすような運動はしないでくださいね」

それからまたしても恐る恐る尋ねる。

「あの……ホテルのプールはだめですかね」

N先生の視線が泳いだ。

「水質が心配だけど、それほど不潔なところは、今どきあまりないでしょうから」

「それから……あの……お酒は……」

「そこまで行って飲めなかったら面白くないでしょ」と今度はY先生が即答。

ただし右胸に入っているティッシュエキスパンダーが空港の保安検査場の金属探知機に反応する場合があるとのことで、英語で書かれた証明書を発行してもらった。


幸い金属探知機は反応せず、五月半ばに、無事バンコクに到着（当然、エコノミー）。右胸は相変わらず重く、不快な痛みは続いているが七年ぶりのバンコクで心は躍る。まだ右手で重い物を持てないので、パソコンやゲラの類の重量物は夫に持ってもらった。


スワンナプーム国際空港から電車に乗る。ホテルまでの途中駅での乗り換えでは長い階段がある。よたよたと下りかけると、近くにいた清掃員の女性が、さっと箒《ほうき》とちりとりをその場に置き、無言で荷物を持ってくれた。私の先に立って階段を下り始める。

到着するなりの親切に戸惑いつつ、ああ、バンコクに来たんだ、と感激する。

ホームに着き「コックンカー」とタイ語で礼をのべると「ウェルカム」と微笑《ほほえ》みを返したただけで清掃員さんはすたすたと階段を上っていく。後ろ姿に両手を合わせ、幾度も幾度も頭を下げる。

ＢＴＳ（高架鉄道）のサパーンタクシン駅から川船に乗り換え、夕刻、チャオプラヤー川に面したアナンタラ・バンコク・リバーサイド・リゾートにチェックインした。敷地は大都市バンコクとは思えないほど緑豊かで、建物が古いせいか宿泊費はリーズナブルなホテルだ。

季節は暑季から雨季への変わり目。凄まじい雷とスコールに迎えられ、遂にここまでやってきたと、万感の思いで滝のような雨音を聞く。

翌朝、時差ぼけと中途覚醒のせいで午前三時には目覚め、ベランダやホテルの庭で次第に明るさを増していく空と、大河（どぶ川）を行き来する船を眺める。

東の空から川面までがバラ色に染まる見事な朝焼けは、雨季ならではの楽しみだ。とことこと歩いて近くのコンビニに行き、アイスコーヒーと山羊乳《やぎにゅう》を買い、部屋に戻り前日に買っておいたマンゴーやロンコンというライチに似た果物で朝食。午前中は生ぬるい空気のバルコニーでひたすら本を読み、原稿を書く。

だが昼近くなると、優雅なリゾートライフに慣れていない体がむずむずし始める。のそのそと外出用のワンピースに着替え、「面倒くせえ」と言う夫の尻を叩《たた》き、シャトルボートと高架鉄道を乗り継ぎ町へと繰り出す。

これぞ熱帯の雨季、といった一面水しぶきに煙る滝のような雨だが、高架鉄道の駅と主なショッピングセンターはたいてい屋根付きの通路で結ばれており、ほぼ濡れずに行ける。

七年前にはすでに豪華なショッピングモールが町のあちこちに出現していたが、今回、さらに数を増やしている。中国系タイ人の町バンコクでは人々の所得水準、生活水準は東京と変わらない、と聞いたがまさにそれを象徴する賑《にぎ》わいだ。

レーヨンのワンピースにサンダル履きの私は、阿房宮より広く入り組んだモールで、高級ブランド店から流れてくる香水の匂いの中、あんぐり口を開けて立ちすくみ、やがて強烈な冷房に震えだし、出口を求めて彷徨《さまよ》い始める。

やはり体調が元に戻っていないのかな。

阿房宮のようなショッピングモールに入っているレストランで昼食を取りながら首を傾《かし》げた。

初日に食べた、シャングリ・ラ・ホテルのタイ料理レストランの食べ物は前菜のサラダからカレーまでむやみに甘かった。ひどく油っぽく、不必要にクリーミーで香辛料の香りもせず、失礼ながら、まずかった。

宿泊先ホテルのブッフェも、最近できたショッピングビル内の中華料理も、そのとき食べていた海鮮料理も、なんだこりゃ？　だった。

軽く考えていたがやはり病気をした後なのだ。

胸の痛みと重苦しさが続いている。元気に見えても食欲は元通りというわけにはいかない。自棄《やけ》と意地でここまで来てはみたけれど、やはり旅を楽しめる状態ではなかったのだ、と反省しかけた頃、原因は自分の体調ばかりではない、と気づく。

それまでバンコクに来るたびに、一度はディナークルーズ船に乗っていた。

暗い川面をイルミネーションも華やかな大型船が、甲板から大音量でディスコ音楽を流しながら上り下りするのはチャオプラヤー川の風物詩のようなものだが、私はそうしたブッフェ形式の船ではなく、古い時代の米運搬船を改造した木造船の「マノーラ・クルーズ」を気にいっていた。

乗客定員はごく少なく、川風に吹かれて、薄暗い甲板からライトアップされた寺や仏塔を眺め、静かにワイングラスを傾けつつ、一品一品運ばれてくる宮廷風タイ料理を堪能《たんのう》する。なかなか大人な観光のはずが、七年ぶりに乗ってみると、ちょっと様子が変わっていた。

熟年夫婦や中年女子会、現地の若い女性を連れた日本のオヤジたちと、やはり現地の女性連れの不良ガイジンといった以前の客層が、中国から来たファミリーたちに取って代わられていた。

子供から年寄りまで含めた一族郎党の飲めや歌えの大騒ぎに、灯《あか》りを消しての「ハッピーバースデー・トゥ・ユー」は、うるさいが健全で、買った女を同伴させる国辱的スケベオヤジの行状よりはるかに好ましく、微笑ましいものだったのだが……。

アミューズの後、船上のウェイターたちの動きが、俄然《がぜん》、慌ただしくなった。活気があるというのか、乱暴というのか。「2980円飲み食べ放題」の雰囲気だ。

一気に料理が運ばれてくる。皿が大きい。大皿が狭いテーブルいっぱいに並ぶ。取り皿やグラスを置く場所も無い。料理はどれも甘く、量が多く、片栗でどろどろしていて油っぽい。

思い出した。さる日本の温泉旅館で、広いテーブルいっぱいに皿が並ばないと満足しない中国人観光客の嗜好《しこう》に合わせ、順番に出すのはやめて、いっぺんに料理を運ぶようにした。相手の嗜好や文化に合わせたおもてなしこそが接客の基本、という例だった。

とはいえ一族郎党のテーブルの、目を凝らせば長幼の序をきちんとわきまえたド宴会を横目に、明らかに質より量重視の、中華風タイ料理ともタイ風中華料理ともつかないものを食べさせられていると、少数派は客じゃないのかというぼやきも出る。

高いお金を払ったディナークルーズの惨状に腹を立てた翌日、バンコクの町中にブランチに出かけた。ブランドショップの並ぶショッピングモールは、前日にお門違いと知れたので、古くからある庶民的なモールを選ぶ。

土産物屋が軒を連ねるフロアを見下ろしながらエスカレーターを上がり、ゲームソフトや得体の知れない電子部品が溢れるオタク空間を冷やかした後、フードコートに。

薄暗い照明の下、調理の熱気と人いきれがフロアを包んでいる。壁に沿ってずらりと並んだ地方料理の店の数にまず圧倒された。

店頭に並べられたバットの中にあるものは、くたっとした緑の菜っ葉、得体の知れない茶色の煮物、汁気の出たごってり大量の炒め物。

正直、見ただけで食欲が減退する。が、めげずにご飯プラスおかずを三品選び、テーブルに運ぶ。

客は地元のサラリーマン、女性会社員、家族連れ、などなど。正面のテーブルの、一目で中国系タイ人とわかる色白、ワイシャツ姿の男性がやにわにウェットティッシュを取り出す。手を拭くのかと思いきや、箸、レンゲ、グラス等々を拭き始める。いかにも几帳面《きちょうめん》な手つきで浄めた後に、おもむろに料理に箸をつける。かなり神経質な方、とお見受けしたが、中国系住民にはこのパターンがけっこう多いらしい。もちろん私はそんな作法は無視していきなり食べ始める。

え？　う、うまい！

今までの甘くて、どろどろクリーミー、油ぎらぎら料理は何だったのか。くたくたの菜っ葉、醬油色《しょうゆいろ》の煮しめ、得体の知れない炒め物、そのどれもが奥深く香り高くスパイシーな、これぞタイ料理、の味だ。

病気のせいで食欲が落ちた、味覚が変わった、わけではなかった。

ホテルや客単価の高いレストランが、観光客や日常食に飽きた現地の金持ち向けに目先の変わった料理を提供しているだけだ（観光客の群がる屋台も、最近はかなり砂糖ドバドバの味になっていると聞く）。

今回、病気をした後でもあり、衛生面から少しばかり張り込んでそうした高い店やホテルのレストランばかりを選んだのが間違いだった。

庶民的なデパートやモールのフードコート、ビジネス街の小さな食堂は、タイ各地のおいしいものの宝庫だ。バットに入っている料理の見た目や、タイ語のみのメニューにひるまず、指さし注文してみれば、普通においしいものにありつける。

繰り返しになるが、貧しい田舎と違いバンコク市民の所得水準や生活水準は東京と変わらない。彼らが日常の食事をする場所であれば、トイレもきれいで安全、衛生面でもまず心配はない。

寺や遺跡も見ず、ディープバンコクの路地裏探索もなく、食事と町中リゾートだけで終わった退院20日後の旅だったが、明日は帰国という日の夕刻、淡い光にきらきら輝くプールの水面を眺めているうちに、誘惑に抗しきれずとうとう水着に着替えて、そろりそろりと水に入った。

驚いた。水深二メートルを超えるプールの水面に仰向けになり、手足を広げてぷかりと浮かんだ瞬間、おいしいものを食べているときも、楽しいショッピングの最中も、途切れることもなく続いていた胸の痛みと重苦しさが、ふわっ、と消えた。

気分的なものではない。

生ぬるい水の中、重力から解放されたため、どこからも引っ張られず、圧《お》されず、痛みも不快感も瞬時に消えたのだ。

水面上から眺める椰子《やし》の葉越しの夕暮れ空は、これまで見たことがないほど美しかった。

8　日常復帰

雑用と飲み会の日々――廃用症候群三歩手前で考えたこと

退院して一ヵ月もすると、それまで着けていた八つホックの術後専用ブラジャーはお役御免となった。その後は胸に入っているティッシュエキスパンダーが揺れ動くのを押さえるために、ワイヤーの入っていないブラトップのようなものを着けることになる。「ユニクロで売っているもので大丈夫ですよ」とN先生から言われたが、ついつい走ったり早足で歩いたりしてしまう粗忽者《そこつもの》の私のことでもあり、外出用に揺れ防止効果の高いスポーツブラをゼビオで購入した。

買い物や母の面会に通うのに、それを着けてがしがしと歩いてみたが、確かに揺れない。そろりそろり歩くのはどうにもストレスが溜まるので、それまではいつも右手で胸を押さえ大股で歩いていたが、さすがはスポーツメーカーの製品だけあって、手放しで歩いても揺れない。だがけっこう締め付け感があるうえ、圧迫されて痛い。揺れても痛いので、これは我慢するしかない。

驚いたのは三、四回洗濯したら、アンダーバスト部分のゴムが伸びてしまったことだ。ネットに入れて洗濯機で洗っていたが、手洗いすべきだったのか。それとも炎天下の外干しが悪かったのか。
スポーツ量販店のバーゲン価格でも五千円近い、某有名ブランドの製品なのだが……。同時期に買ったGUのブラトップの方は洗濯耐性に問題はなく、大股でがしがし歩く、程度の運動ならそちらで十分とわかり、以後、もっぱらそちらを着用している（ユニクロの製品はストラップの長さが調節できないため、長身の私にはダメ）。

退院後の生活は頻繁な通院に加え、入院中に溜まった雑事と仕事でけっこう慌ただしい。

母が老健に入り無人となった実家の庭は玄関先まで丈高く草が茂り、ヒメジョオンの花盛りだ。

百均で買った草刈り鎌と、以前、華道で使った古流鋏《ばさみ》を手に、取りあえず玄関や縁側の前の雑草だけ刈る。

裏に回ってみると、山椒《さんしょう》がつややかな緑色の実を付けていた。

なぜ、今年だけこんなに実を付けたのか。そのままにしておくのももったいないので、さっそく近所に住む料理上手の友人、イラストレーターの浅野勝美さんに「山椒の実と葉っぱ、取り放題！」と連絡。

ざるを持って現れた彼女は私が草刈り鎌を振り回している間に採取して、忙しい仕事の合間に、実山椒とじゃこの佃煮《つくだに》、葉っぱの佃煮などなどを作って分けてくれた。絶品だった。ジャングルと化した実家の庭だが、山椒の木だけは大事に守ろう、と心に誓う。ちなみにジャングルの下生えはドクダミ。みごとなグランドカバーになっている。こちらは適当に刈り、干してお茶にした。生の臭いからは想像もつかないが、うっすら緑色をした新茶はフルーティーで甘い香り、わずかながら甘味もあり、疲れた体にすっと染みわたる。


雑用の合間に、介護やら病気やらで長らくご無沙汰していた仲間との飲み会に参加。若い頃は、芸術、文学、恋愛の話題で盛り上がったものだが、今はほぼ全員が還暦、定年を迎え、話題の中心は親の介護と自分の病気に移っている。もっとも介護については、真っ最中の人は飲み会どころか友達と会う暇もないから、出てくるのはすでに終わった人、施設に入れて手が離れた人、あるいはまだ追い込まれていない人々だ。

ところで世間には、せっかく介護から解放された後に少なからず心身の不調を抱える人も多い。ストレスによる糖尿病、慢性の大腸炎、動脈硬化症といった後遺症も深刻だが、心の病となるとなおさら見るに忍びない。

「自分が薬を飲ませたとき、母がむせてしまって」「先生から『この薬を使いますが良いですか』と尋ねられたとき自分が承諾したのが間違いだった」「自分がホームに入所させたためにベッドから落ちて骨折して命を縮めた」などなどの理由ともいえない理由から親の死を「私が殺したようなもの」と悔やんで鬱になったり、身近な人を攻撃し始めたり、といったケースもある。

最大の原因は限界を超えた介護にあるとしても、本来解放されて青天井になるはずの介護者を、そうした心情に追い込む空気が蔓延《まんえん》している。

「その後」の介護者から生きる気力を奪い去るほどの後悔や罪悪感、喪失感については、理詰めで説得してどうなるというものでもない。「今は悲しみに向き合う時よ」などというヌルい言葉は通用しない。

その心のベクトルを変えてやれるのは、案外、血の繋がりも利害関係もない、活躍する分野もばらばらの同年代の友人かもなぁ、と最近、よく思う。

「残念だったね」「悲しいね」「気が済むまで泣いていいんだよ」の代わりに、「本当に、お疲れさん」「あんた、よくやった」「早く自分の人生を取り戻せ（若者と違いオジオバは先がない）」と、肩を叩いてやれる関係。

何年にも及ぶ過酷な中東勤務を終えて帰国した仲間を迎えるときのように、葬式後の元介護者のグラスになみなみとビールを注《つ》いで慰労会の乾杯をして悪いことはなかろう。「で、もうじき我々の番だけどどうするよ？」「あたしのときには介護してくれる人なんかいやしないよ」という身も蓋もないやりとりもお約束だったりする。

可能であれば、短時間でいいから介護真っ最中の人々が参加して、家族親類の前では封印している不謹慎な言葉を吐いてすっきりするもよし。その後に「蛇の道は蛇」的な、より実践的な解決案を仲間たちから持ち帰れれば理想的なのだが。

中高年飲み会の話題その二は、「病気と健康法」だ。だれもが当事者で、それぞれ一家言あるから座が盛り上がる。

だが、そこには明確なヒエラルキーが存在する。

何といっても重い病ほど偉い。

がんの転移をあちこちに抱え、「明日からまた抗がん剤だぁ」とぼやきつつ、生ビールを追加注文し、元気に楽器を奏でるおっさんの前では、狭心症持ちも、脳梗塞後遺症持ちも、乳がん手術一ヵ月目も、鬱サバイバーも、だれも大きな顔はできない。

それにしても深刻な病気話になればなるほど自虐シモネタが炸裂するのはどういうわけか?

乳がんの触診は若いイケメン医者に限る（この発言は私）、大腸内視鏡検査は毎年やっていると快感になる、子宮がんを切除したのち性欲が昂進《こうしん》し浮気したくなった、極めつきは前立腺がんの生検話で、その場にたまたま交じってしまった若者（といっても四十代女子）などは苦笑を浮かべたまま固まっていた。

乳がんであることを周囲に告げたとき、怪しい代替治療を勧められたりすることはなかったか、と今回、編集者に尋ねられたが、友人知人から貴重な情報や助言をたくさんいただきこそすれ、あちらこちらの有名人が受けたと伝えられる怪しい治療については、笑い話や困った話として提供されただけで本気で勧める人は皆無だった。

もともと某プルーンや水素水、御神水、気功等々を信奉するスピリチュアルな人々が私の友人関係にはいない。自虐シモネタは飛ばしても知性はそれなりにある。というより、お下劣とスピリチュアルとは、基本的に相性が悪く両立しないのだ。

考えてみればオーラがどうした、魂の課題がどうこう、と大真面目にしゃべる女子が私の前に現れないこともなかったが、少ししゃべっているうちに、彼女らの澄んだ目に苛立《いらだ》ちとも憐《あわ》れみともつかない表情が浮かび、やがて心底、見下げ果てたという様子で遠ざかっていった。清濁併せ呑んでも下痢しない体質ゆえ、きっと全身からどす黒いオーラを発していたのだろう。余談になるが、オレ様男にとっても、お下劣女は理解不能な怖い生き物らしく、道ばたで昼寝しているアナコンダを前にしたように回り道をして避けていくので、六十余年生きているがＤＶ、モラハラの対象になったことはない。

病気関連の話題に比べると、健康法の話は、まだ品が良い。

どこのジムがいい、どこの体育館がきれいといった運動系の話題で盛り上がり、東京マラソンに出場したいという前向きな話も飛び出す。

若い女性インストラクターに鼻の下を伸ばし、せっせと体育館に通いつめるおっさんたちはけっこう可愛いが、「彼女たちを食事に誘うには」「個人的なお付き合いに持ち込むには」などの寝言が始まると、おばさんたちから一斉に、「セクハラ！」と教育的指導が入る。

対するおばさんたちもヨガに太極拳、ズンバにピラティスと、それぞれ健康維持には気を配っている。

私自身も退院から二ヵ月少々経った七月初めからスイミングクラブに復帰した。

ティッシュエキスパンダーの入った右胸を気にしながら水着に着替え、プールに入ると、ガタイの良いインストラクターのおにいさんに、「お帰りなさい！」とプール中に響きわたるような声で挨拶されたのが、むやみにうれしかったのだから、鼻の下を伸ばしているおじさんたちのことを笑えない。

「久しぶりだけど、どうしてたの？」と同じクラスのマダムたちから声をかけられ「乳がんの手術をしてた。再建するんでこっちはダミーが入ってるんだよ」と右胸を押さえると、上級クラスのマダムの一人が自分の右胸をバンバンと叩きながら言った。

「私も取ったよ。でも何にも入れてない、そのまんまだよ」

な、なんだと……ちょっと待て。

上級マダムの水着の胸は確かに平らだ。だが、もう一方の胸も平らだ。他のけっこうふくよかなマダムたちの胸だって、みんな平らに近い。

一発殴られたような気がした。

還暦過ぎての乳房再建。理由は、補正パッド無しに水着を着たいため、だった。バタフライを泳ぎ切って振り返ると、コースロープの間にピンクの物体がぷかぷか浮いている、なんていうのは絶対嫌だ、と思ったからだ。だが……。

マスターズカップに出ようという猛者《もさ》はもちろんのこと、スイミングクラブの会員のほとんどが着用しているのは競泳用水着だ。オリンピックやパンパシフィック大会の中継でよく見るあれ。背中のストラップがV字型、脚は太ももまでカバー。当然、バストは水の抵抗が少なくなるようにしっかり締め付けてある。体の曲線を強調した花柄リゾート水着なんかでチャラチャラとレッスンを受けている会員は私一人だったのだ。

痛くて面倒な思いをして再建する必要など、どこにあったのか??　あと五ヵ月後、再度、痛い思いをして手術する必要なんかなかった……。

ぐらぐらする頭を抱え、ま、いっか、と気を取り直す。不精者の私のことで、もし再建せずに外付けのパッドなど使おうものなら、たちまち面倒臭くなって外しっぱなし。アマゾネスよろしく片方ぺちゃんこのまま、どこにでも出かけることになるだろうから。

こんなことをウェブ連載時に書いたところ、小説教室以来の友人で作家の鈴木輝一郎から忠告メールが来た。

「せっちゃんが体の曲線を強調した花柄リゾート水着って、そりゃセクハラ通り越して犯罪だぜ」

歩くわいせつ物陳列罪に言われたくはないわい。

それはともかくまずは三ヵ月ぶりのプールレッスンだ。

最初はウォーミングアップの蹴伸《けの》び。要するにただプールの壁や底を蹴って真っ直《ます》ぐに進むだけ、のはずが……。

イタ、イタ、イタ、痛たたたた。頭上に腕を伸ばすだけで右肩が凄まじく痛い。後頭部で肘を交差させるように手を組む、などという基本姿勢はとても無理。

昔、経験した五十肩とはケタ違いの痛さだ。

腋下《えきか》のリンパ節郭清はしていないから手術の後遺症ではない。

原因はただ一つ。動かさなかったから。

手術後、勢い良く歩いたり物を持ったりすると右胸が痛むので、右腕を胸にぴたりとつけて揺れを防いでいた。

荷物を持つのも、掃除機を操作するのも、つり革に摑まるのも、ファスナーを上げるのも左手で行っていた。

日常生活で両腕一緒に頭上に真っ直ぐ伸ばす動作などまずない。

使わなければ退化する。関節の可動域が狭まる。

結果がこの激痛だ。

「無理しないでいいですよ。自分のペースでやってください」

コーチのおにいさんから声がかかるが、腕が真っ直ぐ前に伸ばせないのではバタ足さえままならない。

たった二、三ヵ月で人の体というのはここまで退化する。

もしプールレッスンに参加しなかったらこの痛みに気づかなかった。というより痛いと思えば無意識に反対の腕でカバーする。そうするうちに関節の可動域はどんどん狭くなり、気づかぬうちに……。

ぞっとした。

たとえばもし私がもう少し年寄りだったら。もし着替えや立ち上がりのたびに、さっと手を貸してくれるような介助者に恵まれていたとしたら……。

そしてもっと重い病気で長い療養期間を経ていたら。

心筋梗塞の発作でしばらく安静状態に置かれた後、リハビリも軽い運動も施設ケアも嫌い、未婚の娘の手厚い介護の下《もと》、自宅で晩年を暮らした女性のことを思い出した。

自宅に戻った彼女は一人でバスに乗るにも難儀し、歩くのも不自由になっていた。やがて住み慣れた家の清潔なベッドで、娘にマッサージされながらも彼女の体は固まり、着替え一つにも悲鳴を上げるようになる。孝行娘は肌着の袖や身ごろに鋏を入れて、マジックテープで留め、腕や関節を動かさずに着替えられるように作り直した。だが関節の可動域の狭まった老人の体はまもなく体位交換だけでも悲鳴を上げるようになり、やがて褥瘡《じょくそう》ができる。娘は傷口を洗いガーゼを当ててやることしかできない。「噴火口のように開いた傷口がトラウマだよ」と、二十年近くかけて母親を見送った娘は語る。

高齢者にぴんぴんころりや自立を求めるのは間違いで、人は寝たきりになり優しく見守られて静かに亡くなっていくもの、と説いていた新聞記事を読んだことがある。実態を知らない者の戯言《たわごと》だ。せいぜい二日、三日なら寝たきりで手厚く介護されるのもいいが、長引けば本人にとってはあらゆる身体的苦痛の連続となる。

そうした意味では急性期を脱した後、理学療法士の指導の下、即座にリハビリを開始する最近の医療に救われた人々はずいぶん多いはずだ。

体の面だけではない。体のリハビリが心の状態まで変えてくれる。

今から六年前、母が慢性硬膜下血腫で倒れたときのことだ。術後、夜間譫妄が現れた。鎮静剤と睡眠導入剤をダブルで使ってもまったく効かずに暴れるため、二週間ほど私が病室に寝泊まりして付き添ったのだが、もともとの認知症もあったから、夜間だけでなく昼間にもなかなか手を焼かせてくれた。その母が落ち着くことがあった。

手術数日後から始まった機能回復訓練の後だ。何かやたらに快活で元気の良いお姉さんが病室にやってくる。

不安に苛まれ執拗《しつよう》に質問を繰り返す母に、「はーい、行きますよ」と号令をかけて有無を言わせず、竜巻の如《ごと》くどこかに運んでいく。どこで何をしてきたのか、数十分後に戻ってきたときには、母の目が生き生きと輝いていた。

「嫌みのない、いい人だね」

他人は絶対嫌い、医師も看護師も信用しない。ケアマネのおばさんなんかますます嫌いで、目の前から消えたとたんに罵り始める母が、その理学療法士のお姉さんのことは大好きになった。

スポーツジムのインストラクターやスイミングクラブのコーチたちに特有の元気いっぱい、爽やかさ120パーセントの接客、あれとまったく同じ対応をしてくれたからだ。あの病院では母だけでなくきっと多くの回復期の患者さんが、彼女たちのような訓練のプロに、体だけでなく心のリハビリもしてもらったに違いない。

残念なことに母が彼女の顔を見る機会はそう多くはなかった。手術後、半月ほどでその急性期病院を退院したからだ。

その後は自宅近くのかかりつけ病院へ通院することになった。そこはリハビリテーションについてはかなり定評のあるところで、院内に通所リハビリの専門施設もある。

だが、高齢者だらけのその場所を一目見たとたんに母の怒りが爆発。私を老人ホームに入れる気か？　という訳だ。認知症の年寄りにとっては、通所リハビリも老人ホームもデイサービスも療養病棟も区別はつかない。うっかりすると私だって区別がつかない。

記憶はすぐに無くなるが、怒りの感情だけはいつまでも尾を引く。しかたなくリハビリ施設は諦め、近所のスーパーの店内を歩かせ（足がうまく動かせなくても、カートを押せば歩くことができる）、座卓の上で野菜を刻んだり、公園の遊具で遊んだりしてもらい何とか機能回復を図った。ほどなく母の半身麻痺《まひ》は完璧に解消したのだが、たまたま私が四六時中、一緒にいられ、たまたま運に恵まれたというだけで、そうでなかったら寝たきり一直線だった。

母のように怒り出すということはなくても、病院の安静状態が続いた年寄りはたいてい意欲が減退している。住み慣れた家の清潔な布団で眠りたい。だれにも気を遣わず、ゆっくりしたい。そこで優しい介護者に恵まれたりしたら、だれがリハビリ病院や施設になど通うだろうか。あとは訪問看護と訪問介護で何とかやってね、というのは無茶苦茶な話だ。

回復への意欲だの向上心だのを持って積極的に課題に取り組む神老人は別として、普通の高齢者は病院からいったん自宅に戻したらおしまいだ。せめてリハビリ期間終了まで、リハビリ専門病院、あるいは老健等のベッドを確保できるようにしてほしい。急性期病院からそちらへは直接移す。移送はタクシーや自家用車ではなく、少し高いけれど民間救急車を使う方が安全であるし、患者本人の抵抗もなく次の病院なり施設なりに素直に移ってもらえるだろう。

かわいそう？　いや、その後の何年もの不自由な生活で本人が味わう身体的苦痛に比べれば、少しでも自由に動く体を取り戻してから帰宅する方がはるかに楽なはずだ。

体と心は私たちが想像している以上に緊密に結びついている。というか、そもそも人の心など、文化系の人間がうだうだ言うほどご大層なものではない（小説家が言うんだから間違いない）。猫なで声の共感の言葉のかわりに、大きくよく通る声でリズムを刻まれ、考える暇もなく体を動かされ、大げさに褒められる。そのテンポの良さが、体だけでなく萎《な》えた心を活性化してくれたりする。

一方で、青春のすべてを競技にかけてきたが、全国大会までたどり着けなかった選手の方々もたくさんいるはずだ。

彼ら彼女たちの優れた運動能力と体力、そして人の体の仕組みや生理についての知識を、回復期の病人や高齢者のために生かしてもらう機会がもっと増えたらと思う。もう助からない病人や終末期を迎えた高齢者に対しての苦痛を伴う延命に使う金を、リハビリと寝たきり防止や機能訓練の方向にもう少し回してくれないものか。

さて私の廃用症候群三歩手前の右肩だが、退院後半年をとうに過ぎても元には戻らなかった。

泳ぐ度にコーチから「篠田さん、右上腕が下がってますよ」「右肩、しっかり伸ばして」と声が飛ぶ。

いったん甘やかして退化した体を元に戻すには、その何倍もの時間と地道な訓練が必要だ。まだしばらくの間、いたたたた、と悲鳴を上げつつ二十五メートルプールを往復することになりそうだ。

一方、術後三ヵ月のスイミングクラブ復帰と同時に、生活は完全に仕事モードに切り替わった。

対談、取材旅行、著者インタビュー、文学賞の選考会、その他いくつかの会議……。原稿書きの合間に忙《せわ》しなく外出する。母の相手で数年間自粛していた活動を、ここで一気に再開した。親類の女性たちは退院後の無理を心配してくれたが、医療の技術が大きく進歩し、術後や病後の静養の期間は昔より格段に短くなってきている。
二、三ヵ月続いていた胸の痛みは、例年にない猛暑の盛りにはずいぶん軽くなっていた。
傷口の頑固なかゆみも、テーピングを外してもらうと次第に薄らいでいった。

ティッシュエキスパンダーを入れたバストについて、手引き書によれば体の線が出ない服を着ればＯＫとあるが、今どきチビＴやぴたぴたセーターなど着る女子はいない。私はフィット&フレアのワンピースで夏を過ごしたが、その程度のフィットではほとんど左右の差などわからない。第一、他人のバストの左右の違いになどだれも注目していない。

そもそも他人のおっぱいなんかに普通の女は興味がないということを、その後、幾度か日帰り温泉やビジネスホテルの大浴場に入って確信した。人間は基本、ナルシストで、一番関心があるのは自分だ。それ以外は、たまたま入ってきた見事な巨乳やアスリート女子の尻をこっそり鑑賞して、へぇーと感心するくらいで、手術痕のついた他人の胸など興味の対象外なのだ。

9　二度目の手術へ
乳房とは仰向けになると変形するもの――形成外科手術の難題

九月初め、ティッシュエキスパンダーを取り出しシリコンインプラントを入れる手術の日程が決まった。三ヵ月後の十二月十日。いよいよ再建の仕上げだ。

今回は乳腺外科ではなく形成外科の手術でもあり、まずは同じ聖路加病院の形成外科外来で診察を受ける。

外来の先生の他に、治療チームのN先生も加わり、入院日数その他の説明がある。基本は一泊二日。

胸の中にモノを入れたり出したりの荒事をする割にずいぶんと短い。四日ほどはドレーンが入ったままになるので心配ならその間、入院もできるように病室は確保しておいてくれるとのことだが、一応退院することにする。

なお、私の乳房再建はシリコンを入れた状態で完了となる。乳輪と乳首の再建はしない。

リカちゃん人形のおっぱいを思い浮かべていただければわかりやすい。

「まあ、のっぺらぼうの丘ができるだけだけどね」

電話で小池真理子さんに話すと、真理子姐さんはけらけら笑った。

「いいじゃないのよ。今さら、だれに吸わせるわけでもなし」

まさにその通り。女は灰になるまで、の虚構をしっかり見抜いていらっしゃる。


仕事に遊びに母の面会にと飛び回っているうちに秋は深まり、手術一ヵ月前の診察とオリエンテーションがあった。

一通りの健康診断の後、麻酔科医との面談があり、その場で、救急救命士の方の気管挿管実習があることを知らされた。麻酔医立ち会いのもとで実習生の練習台になるわけで、その程度のボランティアなら患者として引き受けて当然なのだが、私はすくみ上がった。

別の病院で入院中に、採血の際、若い看護師さんに何度も針の刺し直しをされたときも「大丈夫だよ。頑張ってね」と余裕をカマしていたものだが、気管挿管だけは怖い。

数年前、三十も年下の友達である救急救命士のK美ちゃんが、仲間の麻酔科医に深刻な表情で相談していたことを思い出したからだ。

「気管挿管って、どうやったらうまくいくんでしょうかね」

「それは練習を重ねるしか……」

「全身麻酔の患者さんに入れながら、ごめんなさい、ごめんなさい、と心の中で謝ってるんですよ」

そのときは、ふぅん、K美ちゃん、若いのにたいへんな仕事をしているんだ、偉いなぁと感心しただけで、やられる患者の身の上に思いを巡らせることなんかなかった……。

青くなっている私の前に救急救命士の青年が立つ。

「我々がそばに付いているわけですから」と麻酔科の先生が有無を言わせぬ口調。

「あなたが道を歩いていて倒れたとして、この人たちの気管挿管で助けられることだってあるんですよ」と傍らの年配の看護師さん。「はぁ、おっしゃる通り……」

これで断るなら人間やめます、よね。ぶるぶるしながら承諾書用紙を渡される。すでに救急救命士さんのお名前が書かれ、印鑑も押されている。入院当日までに私の署名捺《なつ》印《いん》の上、他の書類とともに受付に出すらしい。

その日のうちにすぐにK美ちゃんの携帯メールに、それってどんなものなの？　と問い合わせる。

即レスだった。

「篠田さん、まさかの気管挿管の実験台ですか。ご無事を祈ります」

ご無事を祈るって、あんたさぁ……。

K美ちゃんによると、救命士の挿管研修は病院に通って30件成功しないと帰れないそうで、研修は二～三ヵ月続く。それをいかに早く終わらせるかは担当の麻酔科医の腕次第で、有無を言わせず患者に同意させてどんどん件数を稼ぐしかない。

「そりゃ研修医ですらない救命士で、しかも患者も大抵若くて元気でたまたま全身麻酔の手術を受けるって人に限られるわけだからまともに同意を取ってたらほとんどの人が拒否するでしょうからね(^_^;)」

　おいおい、その顔文字は何なんだぁ。

とはいえ麻酔科医が横に付いているので、難しそうならすぐ交代する。だからそんなに危険はない。それでも、まれに歯が折れたとか気管に傷がついたなどという事も起きる、とのこと。

「何にせよ全てがうまくいくことを願っています」とメールは結ばれていた。

　どうせ全身麻酔されれば、何が起ころうとわからない。だれかがやらなきゃならないんだから受けるしかないだろう、と腹をくくった。

　だが、手術の二日前、二ヵ月に一度、ゲスト出演しているラジオ番組のディレクターから放送台本が送られてきた。手術から三週間後の年明け早々にその仕事が入っていたのをすっかり忘れていた。八十分の生放送だ。

　以前読んだ乳がん患者の方のエッセイの中で、手術時の気管挿管のために、二、三週間、声がかすれたり、咳《せ》き込んだりしていた、という記述があった。そちらは救急救命士さんの実習ではなかったのだが、慌てて病院に電話をかけた。

麻酔科の先生に事情を話し、大丈夫ですか、と尋ねると、「心配なら断ってかまいませんよ」という、あまりにもあっさりした回答があった。

手術後、しばらくの間、声を出しにくくなるということは起きる。それは医師が行っても起こりうるが、実習の承諾は強制ではないので断っても差し支えない。

医師としてそうとしか答えようがないだろう。承諾書にハンコを押した以上は患者の自己責任の世界だ。

申し訳ないと思いつつ、断った。

こんなとき、気管挿管に限らず、あちこちで失敗している内視鏡手術などのために、医療実習用のロボットがあればいいのになぁ、と思う。

失敗したとたんに咳き込んだり、白目を剥《む》いたり、痙攣《けいれん》したり、痛い痛いと喚いたりして反応するロボット。高度なＡＩなんかいらないのだし、ホンダと阪大と、オリエント工業あたりが協力したら可能じゃないの？

などと夢想していたら、連載担当者から「んなものとっくに出来てるよ」と指摘が入った。さるロボット開発製造会社と医大が協力して作ったものの写真を見せてもらったが、「えっ、うっ、かわいい」。

それもそのはず、外装は本当にオリエント工業だそうな。モノづくりニッポンは健在だ。

十二月十日の午前九時、再び聖路加病院に入院。

前夜の十二時から絶食、この日の朝六時から飲水禁止。お腹が空いているせいか、とにかく寒い朝だ。

やたらに喉が渇き、頭痛もする。這々《ほうほう》の体《てい》で病室に入るとすぐに看護師さんがやってきて、「二回目ですから、勝手はわかってますよね」と洗浄剤を置いていく。

シャワー室に入り、髪を洗った後、赤く透明な洗浄剤をスポンジにしみこませ、首筋、耳の後ろから胴体の腹側、腋の下まできれいに洗う。

流した後は、手術着に着替える。パジャマとカーディガンを用意したが、今回は結局、袖を通すこともなく、退院まで手術着で過ごした。

ドライヤーで髪を乾かした頃に看護師さんが再び来られて、脱水を防ぐために点滴を開始。

手術の立ち会いにやってきた夫が手持ちぶさたにしている隣で、私はあれやこれやで忙しい。

尿の量を量らなければならないので、カップを持って手洗いに行くも、点滴スタンドを狭いトイレに引き入れるのは面倒臭く、外に置いたままドアを大開きにしてカップの中に用を足していると、軽やかなノックの音とともに形成のN先生登場。夫が飛んできて点滴スタンドをトイレに押し込みドアを閉め、事なきを得る。

ご挨拶の後、「はい、ではマーキングしていきますね」とN先生。マーキングとは犬猫の雄がおしっこをひっかけて縄張りを主張することではなく、ここでは手術の際の目印を皮膚上につけることを言う。

「手術台で寝た状態だと形が変わりますからね」

ああそうだ。「仰向けになると左右に流れてぺったんこになってしまうので、エッチするときは横向きなの」と言っていた友達がいた。もう何十年も昔の話だが。

上半身裸になって立ち、先生が鎖骨の上に青ペンで印をつける。ぐにゃぐにゃと曲がる定規のようなもので胸部の中心線を縦に一本。左側の残っている乳首から右側にかけて横に一本、その他にもいくつか目印を付けていく。

これが形成外科、というものだ。軽やかな口調で手術の説明をしながら、先生の視線は真剣だ。デッサン狂った、左右の高さが違う、では済まされないからだろう。

今回、乳房再建のついでに二十年以上も持っていた脇腹の脂肪腫も取ってもらうことにしたので、そのあたりも青ペンでマーク。この線を参考に切っていくのか、と思えば、修理を待つ縫いぐるみになった気分だが、切って出てくるのが綿やペレットではなく血と脂肪なのだから、やる方はなかなか度胸がいるだろう。

慌ただしくしているうちにあっという間に時間が経ち、午後二時半に手術室に向かう。

若い看護師さんが気遣わしげに「緊張してますか？」

「いえ」

楽しみなわけはないが、緊張感も怖さも何もない。

血圧は１１０。もともと低い方だが、相変わらず低い。血中酸素濃度も問題なし。

手術室手前で数人の先生方と看護師さんが待っている。麻酔科医の先生が一人だけ男性。ほぼレディースだ。

「この前と部屋の感じ、ちょっと違うでしょ」

N先生が友人を自宅マンションに上げるような口調で言いながら、手術室に案内する。

手術台が狭い。

ごそごそと横たわる。

「はい、それでは起こしますよ」

なんと！　上半身がぐぐっと持ち上がり、座った状態になる。歯医者の椅子というより、ビジネスクラスのフルフラットシートに似ている。仰向けでは乳房が変形するので、終わる前に上半身を立てて、左右の形を確認するらしい。

詰め物をして膨らませて、はい終わり、ではないのだ。

だが全身麻酔のかかった患者の身体を九〇度に起こすのは、危険を伴う。そのあたりは、形成外科医と麻酔医の緊密な連携の下、水平に近い角度から始まり、ようやく手術中に九〇度に起こして確認することが可能になったという。

再び仰向けになり、手術台を起こした際に落ちたりしないように体をベルトで留め、麻酔開始。


回復室のベッドで目覚めると、痛みは前回の切除手術に比べてかなり軽い。

尿道カテーテルも入っていない。そのまま病室に運ばれる。

二時間後に立って手洗い、四時間後に軽い夜食というのは切除手術と同じだが、痛みはあまりない。点滴で鎮痛剤を入れてもらうとその軽い痛みさえ消失。眠れないので真夜中にパソコンを立ち上げてメールをチェックしたり、窓の外の夜景を眺めたりしているうちに、空が明るんできた。

早朝、ヒマなのでベッドでテレビなど見ていると、乳腺外科のY先生がふらりと現れ、「前よりずっと楽でしょ」と声をかけていかれる。

今回は形成外科の手術なので、傷口を見たりはしないが、Y先生の顔を見て何となく和む。

それにしても前回もほとんど痛みや気分の悪さがなかったが、今回はさらに軽い。

半年ほど前、集英社の女性編集者の方に「篠田さん、美容整形で一番痛いのは、豊胸手術って知ってました?」と言われて、ぶるぶるしていたのだが、豊胸手術と乳房再建は根本的に違うようだ。

Y先生が去った後、形成のN先生がぞろぞろと若い先生方を連れて病室に入ってこられた。

手術をしてもらったレディースチームの面々ではない。ほとんどが男性医師。

N先生が胸帯を取って傷口を確認。

「ふんふん、いいようですね。出血もないし」

手際よく絆創膏で留めて完了。

男子たちを引き連れてN先生は、さっそうと退場。あれが大学病院名物の回診ってやつ？

その日の昼前には退院したが、ドレーンが抜けるまでの間、八王子の自宅には戻らず、病院向かいにある銀座クレストンホテルに二泊することになっている。

食事制限もないので、近くのインド料理屋でカレーランチ。

軽い手術を甘く見ていた。

チェックインしてホテルの部屋でパソコンのスイッチを入れたあたりから、胸や手首、脂肪腫を取ったあたりがかゆくなってきた。かゆい、などという生やさしいものではない、針で刺されるような鋭角的なかゆみ。ガーゼや点滴の針を留めた絆創膏にかぶれた。点滴の針を留めた跡は、テープがもうないにもかかわらずかゆい。小さな水ぶくれができている。

自分の体が自分の体を攻撃しはじめた。

それでも仕事をしていれば心頭滅却で多少は忘れるが、歩き回ったり食事したりすると、途端にかゆみの攻撃スイッチが入る。かきむしるわけにもいかず、ゲラを見ながら、二日後にドレーンが抜けて少し絆創膏が小さくなるまでひたすら耐えた。

「痛みはありますか？」

二日後の外来受診でN先生に尋ねられた。

「かゆくてかゆくて、痛がってる余裕、ありません」

「みんな手術後はそれでたいへんなんですよね。でも、もうこの大きいのを外すので大丈夫ですから」と幅三センチくらいのやつを剝がす。

ふう……。だいぶ楽になった。

薄手の細い絆創膏はまだ残っている。

体は至って楽だから夫と二人、築地にある病院からまっすぐ銀座方面に歩き、有楽町駅に出る。

調子に乗って和定食の刺身など食べたのが悪かった。昼食直後に、これまでよりさらにヒステリックな、あの刺すようなかゆみが胸のあたりに戻ってきた。仰天してビルの手洗いに飛び込み、術後用ブラジャーを外すと、さきほど大きな絆創膏を剝がした跡が赤い。水ぶくれも二つ、三つ。とはいえ剝がした跡なのだから、もう薬をつけても間違えて掻《か》いても大丈夫。というよりしばらく空気にさらすとすぐにかゆみは引いた。困ったのは残りのテープだ。耐えきれずにこっそり剝がす。小さな水ぶくれがテープと一緒に剝がれてぷつりと傷になる。乾かすとかゆみは一時的に消える。

ちなみに外科手術の傷口はガーゼを当てた上から絆創膏で留めるイメージが一般的ではあるかもしれないが、今回も、十年以上前に受けた子宮筋腫の手術の折も、ガーゼ＋絆創膏は、手術直後のみで、すぐにガーゼは取ってしまった。子宮筋腫のときは、なんと透明な接着剤！　見た目は傷口丸出し。このときもかなりかゆかった。今回は傷口に直接テープだ。

ただ傷口を留めているテーピング用テープには幸い細かな穴が開いているので、その上から市販のかゆみ止めを塗ることができる。それでも効果は一時的なものだ。

かゆいかゆいと大騒ぎしても、「乳がん」の言葉の重苦しい響きと悲劇的なイメージからして、この程度のことだと周囲からは「何を贅沢なこと言ってやがる」とばかりに鼻で笑われる。

10 解禁

クリスマスの金の玉

術後一週間目の外来受診日が来た。

「ああ、けっこうかぶれていますね」

テープを剝がすとN先生がうなずき、かぶれ止めのリンデロン軟膏を処方してくれた。さらに皮膚の上にテーピング専用皮膜剤をシュッシュッとスプレーし、その上からテーピングする。

効く人と効かない人がいるけれど、と前置きして先生はその皮膜剤の小さなボトルを見せてくれた。

「『キャビロン』といって、通販で買えますよ。三千円から四千円の間くらい。そのときによって値段が違うんだけど」

そんなことでさっそくＡｍａｚｏｎから「キャビロン」を入手。人によってはかぶれることがあるということだが、私にはけっこう効果があった。

もちろん手術痕を留めたテープだけでなく、膝の痛みや筋肉保護のためのスポーツテーピングでも使える。そうした折にかゆくなる人は一度試してみるのもいいかもしれない。

抜糸したこの時点で、傷口は完全にきれいになっているが、かぶれ止めを塗り、皮膜剤をスプレーした上からの、がっしりものものしいテーピングはまだまだ続く。しっかり留めておかないと、縫った痕が広がって目立つからだ。

それだけではない。両胸の間からバストの下の部分を通り腋の下まで、中に入っているシリコンをぐぐっと持ち上げるようにテープで留める。

手術痕については乳がんの手術のときから感覚が鈍くなっているのでそれほどではないが、この持ち上げテーピング部分がかゆい。それでもシリコンがずり落ちないために、中でしっかり傷口がくっつくまでこのテーピングは剝がせない。左右の高さが違ってしまうと困るからだ。

かゆみはあっても、術後の状態は、出血も感染もなく極めて順調であるとのこと。

忘年会シーズンでもあり、私は恐る恐る尋ねた。

「先生、お酒とか、もういいですかね」

「ぜんぜん大丈夫ですよ、浴びるように飲むわけじゃないでしょ」

マスカラされた睫をぱっと上げて、にっこり笑う先生。

その帰り、東京駅中央線ホームのキオスクでヱビスビールを購入。

お墨付きをもらったとたんに、それほど酒好きでもないのに、自分でも意外なほどの「やったぜ!」感があった。

特急かいじ号の座席に腰掛けるなり、冷たい缶ビールのプルトップをプシュッと開けた。

午後の陽射《ひざ》しのまぶしい車中で、通過駅で立っている人々の手持ちぶさたな顔を眺めながら飲むビールの味は、格別だ。

以前、けっこう満員の夜の中央線の車内で、会社員と思しき若いお姉さんがショルダーバッグと紙袋を肩からかけ、つり革につかまったまま、缶ビールを飲んでいるのを見た。何があったのかな、とそのときは心配になったものだったが、自分が真っ昼間の車中で一人で乾杯などしていると、あのおねえさんも、そうネガティブな事情を抱えていたわけでもなかったのかもしれない、などと思えてきた。

だれも認めてはくれない縁の下の力持ち的大仕事をやりとげた日、さぁ、家帰るか、と思ったそのとき、キオスクのケースにある缶が目に入ってきて、ホームでぐっと一杯ひっかけ、電車が来たのでそのまま乗り込む……。日常からのささやかな逸脱行為だったのかもしれない。

八王子で降りるころ、テーピングした部分が猛烈にかゆくなってきた。見ればすでに剝がした絆創膏跡までが真っ赤になっている。ビールで血行が良くなり、キャビロンの効果も半減したようだ。

お調子者の我が身を反省しながら、人前でぼりぼり掻くわけにもいかず、テープも剝がせず、身体をもぞもぞさせながら帰宅。さっそくテープの上からかゆみ止めを塗り、一息つくが、それも一時のもので、小一時間もしないうちにかゆみが戻ってくる。それどころかかゆみ止めクリームを塗ったところの方が、ぶり返したかゆみがひどい。

昼ビールをつくづく後悔しているうちに夕方になり、一週間ぶりにシャワーを浴びた。

この日、酒だけでなくシャワーも解禁になった。

洗顔ネットで石けんを泡立て、テーピングした上から掌《てのひら》で泡をふわふわ転がすようにして洗ってやると、あら不思議……かゆみが消えた。

テープの接着剤によるかぶれも確かにあったのだろう。昼ビールのバチが当たったこともある。だが、何より皮膚から出た汗や脂が刺激となってかゆみを引き起こしていたようだ。

肌の清潔ってずいぶん大切なことなのだ、とあらためて思い知らされた。

それまでも不潔にしていたという自覚はない。蒸しタオルで頻繁に拭いていたのだが、シャワーのようなわけにはいかなかったのだろう。

こうしてみると病院にシャワー室が設けられ、傷口の状態や体力の回復具合を見極めて、比較的早いうちから清拭をやめてシャワーに切り替えるのは、理にかなったことなのだろうと、すっきりした身体をバスタオルで拭きながら一人で納得する。

考えてみれば母もよく皮膚のかゆみを訴えていた。ときおりかきむしって傷にしてしまい、自分でバンドエイドを貼っているのが痛々しかったが……。

老化によって肌の水分や油分の分泌が減って皮膚が乾燥する老人性乾皮症も確かにあったのだが、今にして思えば、認知症特有の症状から頑強に入浴やシャワーを拒否していたのも一因、というより主因だったのだろう。

無理強いすれば怒り出すので、母が我が家にいる昼間には、風呂を沸かしては無駄に冷ます、の繰り返しだった。

風呂嫌い、特に洗髪嫌いは、認知症のごく初期から現れるようで、最初に親や義父母の異変に気づいたのは、一緒に温泉に行ったとき、という方も多い。

以前読んだ新聞記事によれば、そんなときに無理強いは禁物だそうで、さる在宅介護の認知症の女性は半年間、風呂に入らなかったが、ある日、気が向いたらしく、自分からすっ、と入ってくれたそうで、つまり本人の気持ちに寄り添い根気良く待っていればいいんだよ、という内容だった。

が、よくまあ、皮膚炎を起こさなかったなぁ、と感心すると同時に、たまに相談に乗る専門家の方はそれで済むけれど、家族はその臭気にどうやって耐えたんだろう、などと、余計なことを考えてしまった。

「風邪気味で喉が痛い」「こんな寒い日にお風呂入ったら湯冷めする」「体調が悪いから風呂なんか入ったら脳溢血《のういっけつ》を起こす」

認知症を甘く見てはいけない。母が口にする理由はどれも筋が通っている。

「一生、お風呂なんか入らない国の人たちだっているんだ」というものまであって、そりゃまあ、標高四千メートルくらいの極端に湿度の低い寒冷地では、たまに体を拭くくらいで、バターを塗った髪を一生洗うこともない方々もいますが……。

だが、ここは温暖で湿潤な日本。二週間も風呂に入らないと母の脛《すね》の皮膚はウロコ状になってくるし、全身から芳《かぐわ》しいにおいが立ち上り始める。本人がその気になるまで、などと悠長に構えてはいられず、遂に「今日という今日は」と私も決意する。

夏場なら窓を閉め切り、冬場なら室温を上げ、「暑い、暑い」と座敷で母が服を脱ぎ始め、耐えきれず半裸になったところで、調子の良いことを口にしながら、畳の上で丸裸にして、風呂場に誘導。

本人は風呂に入る手順など忘れているし、何より面倒くさいのでかけ湯さえしないが、裸で浴室に入れれば、自分からバスタブに片足を突っ込み、ざんぶりと体を湯に沈める。

人に風呂の入り方を指示されたり、ましてや体を洗われるなど、本人的にはとんでもないことなので、お湯の温度をあらかじめ低く設定しておき、湯に浸かった母をそのまま放置する。

その間に座敷に脱ぎ散らかした衣服を集めて洗濯済みのものに取り替える。風呂も嫌いだが、着替えも拒否するので、入浴中が唯一のチャンスだ。ただし取り替えられたことがわかると「私の着ていたものをどうした?」と怒り出すので、さきほど脱ぎ散らかした形の通り、洗濯済みのものを散らかして置く。風呂から上がってきた本人は衣服がすり替えられたことに気づかず自分で身につける、という寸法だ。

衣服を用意し終わったところで風呂場を覗き、無事を確認する。本人は鼻歌など歌いながら、ご機嫌でバスタブに浸かっているか、気が向くと石けんで体を洗っていることもある。

ときおり冷たい水や水で薄めたジュースを差し入れ、入浴＝気持ち良いの条件付けを試みるも、こちらは短期記憶がなくなっているのでほぼ効果なし。

それでも風呂上がりはやはり気持ち良いらしく、上がってきて取りあえず衣服を身につけると満足げに座敷にごろりと転がる。

その前に、皮膚から水分が蒸発しないうちにと私が保湿剤を塗ろうとするのだが、そこからまた「嫌だ」「塗らないと後でかゆくなるから」の攻防が始まる。

風呂上がりはかゆみが一時的に治まる。短期記憶がないから、かゆかったという記憶もない。だから肌に変な保湿剤など塗られるのが不快で拒否するというわけだ。

認知症について、単に記憶がなくなるだけだから、と偉い先生方は口にされるが、短期記憶がなくなるということは、説明して納得してもらうことができないということであり、本人からすればなぜそんなことをしなければならないのか、説明される片端から忘れるからさっぱりわからない、ということでもある。

だから当人の「今」の気分と「今」の虫の居所を常に見計らい、ケアしなければならない。「入浴なう」「散歩なう」「排泄なう」、本人にとってはすべてが「なう」であって、そのあたりがなかなか面倒だ。

介護老人保健施設に入って一年以上が経った今、母がかゆみを訴えることはない。手足のひっかき傷もない。いつ面会に行っても、つるつるのきれいな肌をしている。

週二回、たぶん有無を言わせず、風呂に入れてもらっているせいだろう。だだをこねる年寄りを相手に、どうやって決められた時間帯、決められた時間内に服を脱がせ、体を洗い、新しいものに着せ替えているのか。介護士さんのご苦労がしのばれる。


さて酒とシャワーは解禁になったが、術後一週間目の診療では、「本格的に運動するのは、もう少し待ってくださいよ」とN先生に釘を刺されていた。

なのになぜ、酒が解禁になったとたんに、完治、と思い込んでしまうのだろう。

週末、役所時代の友人から、彼女が借りている畑でキクイモを掘り上げるので取りに来ないか、と連絡があった。

ゴボウの香りとほのかな甘みのあるキクイモは、きんぴらにして良し、サラダにして良し、炒め煮もおいしい。知名度はないが絶品野菜だ。二つ返事で飛んでいく。

初冬の東京郊外の抜けるような青空。その下に香菜にチャイブやローズマリーなどのハーブの他、小松菜などなど素人百姓らしい雑多な作物が濃淡、色調も様々な緑の葉を広げている。

シーズン最後の香菜をたくさんいただいた後、キクイモ掘りにかかる。

他の作物の畝《うね》が畑の中心部に切られているのに対し、キクイモは隣のパチンコ屋との境に、背の高い枯れた茎を斜めに傾け、ふて腐れたように立っている。

だれが植えたわけでもなく、勝手に生えてきたそうだ。それでも食えるそうなので掘り上げてみるか、という程度の扱いだ。

バチが当たるぞ、あんたたち、とばかりに、茎を引き抜き根元を掘る。

小さな芋がいくつか出てくる。その下にもっと太った芋が埋まっているが、畑の端っこなので耕されてはいないから土がけっこう固い。せーのっ、とスコップに足をかけて両手で拾い、傍らのコンテナに放り込み、また四つん這《ば》いになって掘り返す。石ころと区別のつかない芋がごろごろと出てくる。四つん這いになって両手で掘り返す。


ちくっ、と手術痕が痛み出して気づく。再建手術から十日。酒は解禁だが、運動は……。

そういえば右腕に力を込めるたびに、右胸の筋肉が往年のシュワルツェネッガーのように、ぴくんぴくんと動いていた（乳腺を取ってしまったために、シリコンの入っていない部分の筋肉の動きがもろに外から見えるらしい）。

食い意地につられて手術のことなど忘れていた。

手術、入院、外来受診。十二月は慌ただしく過ぎていった。そんな中、母のいる老健に面会に行く。

寒さの厳しい季節に入っているので、本来ならフロア内で面会しなければならないところを身体は頑強で元気をもてあましている母のことで、何とか病院敷地内の散策を許可してもらう。

「クリスマスツリー見に行こう」と言ってコートを着せて外に連れ出す。十二月も下旬だというのに陽射しが強く、エントランス前の芝生に立てられた大きなクリスマスツリーの飾りがきらきら光っている。

ベンチに腰掛け、保温水筒の中に隠して持ち込んだミルクコーヒーをこっそり二人で飲む（老健は病気の回復を目的とする施設であるため、栄養管理の観点から、原則飲食物の持ち込みは禁止）。

認知症の特徴か、食べ物や甘い飲み物に強い執着を示すようになった母は、冷たいジュース類など差し出すと一気飲みして二秒で終わってしまうが、熱いコーヒーなら「ふうふうして飲むんだよ、熱いよ」とその都度声をかければ、ゆっくりゆっくり楽しんでくれる。

また食べ物以外になかなか興味を示してくれず、文字通りの花よりダンゴなのだが、意外なものに興味と関心を示すこともある。

今回はクリスマスツリーに下がっている金色や真珠光沢のボールを気に入った。近づき、触り、まぶしい陽射しを反射して輝いているボールの一つ一つに心を奪われ、ツリーの周りをぐるぐる回っている。

「ほらほら、そんなに気に入ったなら、そこの一番、デカい金の玉をもいでもらってこうぜ。一個くらいわかりゃしないよ」と言う超絶下品な娘を「何言ってるの、ばか」と叱りつけながら、いつまで経ってもその場を離れない。

入院、通院と慌ただしい日々を過ごして、イルミネーションを見る機会もクリスマスセールに行くこともなかった年末、陽光の下に立っている大きなツリーときらきら輝くボールを眺めながら、ようやく季節を実感し、慌ただしかった一年を振り返る。

インフルエンザの流行が始まったため、その日を最後に、春まで入居者の連れ出しは禁止になった。

11　乳房再建その後

見た目問題とさわり心地

シャワーにかぶれ止めに皮膜剤、いろいろやって楽にはなったが、それでもまだテーピングはかゆい。手術の傷痕部分は皮膚の感覚が鈍くなっていてあまり感じないが、シリコンを持ち上げるために、腋から乳房の下部を通って胸の谷間にかけて貼ったところが問題だ。かゆいからと外せば中身のシリコンがずり落ちる。その感覚は実にはっきりしていて、何とも気持ちが悪い。

加齢でバストが垂れるのとはまったく違う。本体がずりずり、と落ちる。座っているとバストの下部が腹に着くような気がして、気が滅入《めい》る。

やれやれとテープで持ち上げ、GUのかぶりタイプのノンワイヤーブラで押さえる。

そんなことをしながら、はたと気づいた。ずり落ち防止ならもっと効果的な方法があるじゃないか？

ワイヤー入りブラだ。元々が下垂防止のためにあるものだし、まさにうってつけでは？　ところが手引き書の類では、乳がん手術や再建手術をした人に薦められているのは、ブラトップやカップ付きインナーだ。ワイヤーはだめよ、と注意書きもある。

それでも、と試しに手持ちのワイヤー入りブラを着けてみた。

おおっ。すこぶる具合が良い。中のシリコンがワイヤーにしっかり捕まっている感じがする。これならテーピングなど無用なのではないか。

通販で買ったイタリア製の安物ブラは、ワイヤー入りだが、パッドは入っていない。カップ部分も含めまったくのぺなぺなで補正力はゼロだ。なので、「ヒン」は「ヒン」のまま、「巨」に見せることはできないが、着けていて信じがたく楽なので私は以前からこのタイプを愛用している。日本では売っていないので、海外（欧米）に出かけたときに、スーパーマーケットや市場で仕入れていたのだが（なぜか高級店には無い）、最近はネット通販で簡単に手に入るようになった。

暮れも押し詰まった頃、その年最後の外来受診の折に、形成のN先生に「こんなブラなんだけど、どうでしょう」と、着けているのを見てもらった。

「ああ、いいですね。中に入れたシリコンよりワイヤーが小さくて食い込むと困るのですが、そうでなければＯＫ」とのこと。

「大丈夫です。輸入物なので」

「日本のブラってきついんですよね」

まさにその通り。

以前、中年のヘアメイクさんとおしゃべりしていたときもそんな話題になった。

ヘアメイクさんによれば、特に国産某超一流メーカーの製品が苦しいという。右へ倣《なら》えでそれ以外のメーカーの品も似たような作りになってしまって、どこで買っても苦しいのは困りものだ。

楽なブラといえば、ノンワイヤータイプということになっているけれど、ワイヤーのあるなしは実はあまり関係がない。問題はカップの形状だ。

二昔前、「寄せて上げる」というキャッチコピーが現れ、いつの間にかスタンダードになったわけだが、どの製品もバストトップの位置が寄り目のように真ん中に寄ってい て、しかも下部には分厚いパッドが入るか、持ち上げるような格好の裁断になっている。そんな不自然な形状の空間に自分の乳腺＋脂肪組織を押し込むわけだ。苦しいに決まっている。しかもカップとカップがくっついていて無理やりに谷間を作ろうというのだ。谷間形成ブラではないスタンダードタイプでもこれは同じ。

最大の難点はカップの底面積が小さいことだ。これでは胸郭が大きめの人間のバストは収まらない。

そもそもあの寄せ上げしたバストの形のどこがきれいなの？

アニメの巨乳美少女みたいに、普通の女性のバストが左右に広がっていては何かまずいの？

ほわん、と柔らかそうな自然形状も魅力的だし、おばさん的には、合衆国下院議長のナンシー・ペロシの、スーツを通してうかがえる下垂気味のバストにも何とも言えないかっこよさを感じるのだが。

つまりワイヤー入りがいけないのではなく、バストの自然な大きさや形状に合わないブラが多すぎるってことだ。

欧米はともかくアジアの大都市の高級モールのランジェリー売り場に行くと、日本の某超一流ブランドが席巻《せっけん》している。やはりアジア人は真ん中に寄って、底面積が小さく、ぐんと前に突き出したバストにあこがれを抱くのか……。

ところで乳がんの手術後は気候や体調によって、傷口がしくしく、ときにはずきずきと痛んだりする。これは切除か温存かということにも、放射線治療の有無にも関わりなく、人によっては何年も続くようだ。

そんなこともあって、手引き書に書かれるまでもなく、また医師に薦められるまでもなく、普通のブラではなく、ブラトップやカップ付きインナーを着用している方も多い。インナーが変われば当然アウターも変わる。若い方（四十～五十代まで含む）にとっては、それはけっこうつまらないことではないかな、と思う。

これだけありふれた病気の乳がんだが、ブラについては、抗がん剤による抜け毛をカバーするためのヘアウィッグや補正用パッドなどと一緒に、専用商品のみ、病院の待合室の片隅に置かれたカタログなどでひっそり紹介されているだけだ。

たぶんがん患者専用商品でなくても、サバイバーの方のそれぞれの状態によって、着け心地がぴったりの製品が通販サイトなどを探せばあるはずだ。

　もっとオープンな形で情報を共有できれば、その後の女性たちのおしゃれの悩みに対応できるのではないか。健康な方にはささいなことに思えるかもしれないが、おしゃれできる可能性が、生きる気力、治す気力、復帰する気力、につながってきたりするものだ。


「さて、真ん中、どうしましょうかね」

ブラジャーの話が一段落して、先生から尋ねられる。

乳輪、乳頭とも取ってしまったので、そちらも再建するかどうかという話だ。以前に、けっこうです、とお答えしたのだが、それでも診察のたびに同じ質問が繰り返される。

「今のところ、これで十分ですので」

「まあ、後でもその気になればできますから」と先生。

　還暦をとうに越した女に対して、「もはや女でもなし。命が助かったのだから、見た目なんかどうでもいいだろう。胸の膨らみまで造ってやったのだから十分」という発想は皆無だ。患者として、その対応は嬉しく頼もしい。

テーピングの件も含め、形成外科医のプライドと熱意に敬服する。美容外科としばしば混同される形成外科だが、乳房再建手術など序の口で、事故、病気、先天性の障害などによる変形、変色、欠損などの難しい事例に、あらゆる手段で対処してこられたのだろう。

見た目差別に反対する主張には大いに賛同するところだが、医療技術によって解決できる範囲についてはそれに頼らぬ手はない。

競泳用水着の着用に際して胸の膨らみは不要、と知り、何のための再建手術だったのか、と愕然《がくぜん》とした旨を前述したが、担当編集者からは「そんなこと言わず、紫綬褒章《しじゅほうしょう》の授章式に胸元ぱっくりドレスで出席してください」と激励（!?）された。勲章はあり得ないが、胸元ぱっくりドレスの発想は気にいった。

あまり知られていないが、切除手術はもちろんこの再建手術についても医療保険は適用される。中に入れるシリコンインプラントも以前はお椀型しか保険適用にならなかったが、最近になって、より自然なしずく型も対象となった。

再建手術がこうした形で標準治療化してきた背景には、手術による乳房喪失が、病気でただでさえ体力的に弱っている女性たちに、気分の落ち込みや鬱、不安など、深刻な心理的影響を与えてきた、ということがある。

乳がんの手術後、一応、治ったことになっても、何となく気弱、気鬱になる方も多い。再発の不安と見た目の変化、寒さや湿気による痛みなどによるところはもちろん大きい。

だが、乳房を失った、あるいは変形したことに対して、どこかしらで「女としての終わり」という感覚があって、気分を萎えさせている場合もある。

大昔の女流文学では、がんによる子宮の摘出手術を行った主人公が、自分を司馬遷になぞらえ、女としての存在を自ら否定していく記述があったが、乳房は子宮のような内臓と違い、失われたこと、変形したことが一目瞭然だ。

そんなことから切除をためらって怪しい治療に流れるケースがある。

無理のある先端技術を試すこともある。

病巣が広がっているのに危険を承知で温存手術を選ぶこともある。

手術を拒み命を落とした方を知っている。私より一世代年上の彼女は、学生時代から男子たちのマドンナ的存在だったそうだ。彼女と一度だけ顔を合わせたのは、彼女の治療が一段落した後の快気祝いの席だった。六十を過ぎていたが、確かに美しい方だった。かつての仲間の男性たちに囲まれて艶然《えんぜん》と微笑み、同席した奥方たちからあからさまに非難めいた眼差しを向けられていた。

彼女が切除以外のどんな治療を選択したのか、そう親しい間柄でもないので詳細はわからないが、ほどなくして彼女のがんは進行、転移した。

その後、彼女は深夜、仲間の男性にではなく、その奥様に電話をかけてくるようになった。

「ねえ、私、もうだめらしいの。死んじゃうの」と電話口で泣いていたという。「確かにきれいなバストをしてらしたけれど、それ以外に治療法がないなら手術なされればよかったのに」とその奥様は悲痛な口調で語り、ため息をついていた。

乳房喪失という大げさな言葉が、このときほど呪わしく感じられたことはない。放射線ないしは他の治療法の方が手術よりも効果的で予後もいい、といった情報のもとに下した判断であるならまだわかる。そうではなくて「乳房を失うことは女としてのアイデンティティを失うこと、それだけは絶対に嫌」という心情から、必要な手術を拒んだというのが、やりきれない。

子宮も乳房も身体の一部だが、それを失うことと女性性の喪失とは無関係だ。見た目が気になるなら再建手術が解決してくれる。

競泳水着姿の上級スイマーマダムの格好良さは言うまでもないことだが、再建六十女の胸元ぱっくりドレス姿が、乳がん手術にまつわる憂鬱なイメージに蹴りを入れてくれるものになればうれしい。

切除―根治治療（転移の可能性はもちろんあるが）と、見た目問題の解決が両立する、ということが期待されて盛んになった再建手術だが、実際のところは本物と同じ形状のものが出来上がるというわけではない。

たとえば人工物による再建の場合、確かに中に入れるシリコンの形とサイズを選べるが、オーダーメイドではないので、やはりもう片方とぴったり同じ、というわけにはいかない。

たとえば「ヒン」の私の場合は、一番薄いものを使ったが「それでも再建した方が、ちょっと立派になっちゃうんですよね」とN先生。

「それじゃもう片方も、この際シリコン入れて立派にしちゃいましょう!」という切り返しはお約束らしく、この話をするとたいていの人から同じ言葉が返ってくる。

だが世の中、そんなノーテンキな患者ばかりではなく、再建はしたけれどイメージと違う、と落ち込む女性たちもけっこういて、医師による懇切丁寧な説明は欠かせないらしい(これは温存手術も同じ)。

そんなことで、現在、私の見た目はのっぺらぼうの右側の方がちょっとだけ立派だ。

というより、もともと胸板が薄いため、バスト上部は肋骨《ろっこつ》が透けて見えるほど貧弱なのだが、再建した方だけは薄い皮膚を通してくっきり円形の盛り上がりが見える、といった具合。

それでも服を着てしまえばまったくわからない。

裸のときはどうするかって?

温泉もスーパー銭湯も、ビジネスホテルの大浴場も、どうってこともなく入っている。

格別注目されることもないというのも前に書いた通り。

え？　別のシチュエーションで裸のときはだって？

六十過ぎればとうに関係の無い話なので、無責任に回答しよう。

再建するしないにかかわらず、また温存法でひどく変形してしまった場合も、病気を乗り越えた女の名誉の負傷をどんなふうに扱ってくれるかで、相手の愛情も人格も品格も知れるんじゃないかなぁ……。というか、セクシュアリティとは不思議なもので、昔見た荒木経惟《のぶよし》の撮った乳がん手術を受けた女性のヌード写真の、凄絶な美とエロティシズムは、十数年経った今でも脳裏に焼き付いて離れない。ハルステッド法という術式で、乳房、リンパ節、胸の筋肉までも切除された患者さんで、ご自身が希望されて写真を撮った後に亡くなったと聞く。

ヌード写真はともかくとして、たとえ片方を失ったところでエロスという点ではあまり関係ないのではないかと思う。特に当人に惚《ほ》れている殿方にとっては。


それはさておき「見た目問題」については、さまざま限界がある中、形成外科医の先生は定規片手にしっかり位置を定め、身体が起きる手術台なども使い、できる限り本物に近いものを作るために奮闘してくれるわけだ。

なお、乳首の再建について、「残っている方を半分取って移植する」と私は書いたが、それ以外にのっぺらぼうになった中央部を少し切ってそれらしい形に作ることもできるらしい。

「日帰り手術でできますよ。その気になったらいつでもどうぞ」

とN先生は、にっこり笑った。


それでは手触りはどんなものか？

人によって違うのかもしれないが、私の場合は再建した方と本物の手触りはまったく違う。再建側はわりとしっかりしたゼラチンか大きなグミみたいな感触だが、本物は柔らかな大福餅だ。

へぇ、と一人で感心し、友人たちから「その後、体調はどう」と尋ねられるたびに「おー、完治だよ」という言葉の後に、「ねぇ、触って触って、こっちがシリコン、こっちが天然」とやって、ついに先日、傍らにいた男から「それ、セクハラだよ」とイエローカードをもらった。

男にとってセクハラでも、がんサバイバーの女性たちにとっては力づけられるらしく、つい先日も右側を触った女性から「前向きな気分になれる」と拝まれたのだから、まあ、地蔵の頭のようなものだろう。

ちなみにがんサバイバーではなく、貧乳作家倶楽部（そんなものあったか？）の仲間である坂井希久子ちゃんは、遠慮がちに触った後、「篠田さん、本物の方も別にヒンじゃないよ、ちゃんとあるし」。

「本物の貧乳っていうのはね」といきなり和服の前をはだけたりしたら小説になるところだが、それはなかった。

余談になるが坂井希久子ちゃんによると、微乳、貧乳好きの男は、インテリで上品な紳士が多いとのことだ。

12　波乱含みの年明け

がんのうしろから何が来る？

十二月にアルコールが解禁になって以来、忘年会やら役所時代の同僚とのランチ会やら親類との昼食やら、ほどほどに飲む機会があった。

もう何が来ても平気、とすっかり油断していた年明けに思わぬ伏兵が現れた。

一月五日に学生時代の仲間が新年会を企画してくれたのだ。

上野の博物館に初詣の後、総勢二十人くらいで御徒町《おかちまち》のやきとん屋に。

恥ずかしながら私はそれまで焼き鳥屋に入ったことはあっても、やきとん屋などというものは知らなかった。

煙の籠もった店内の階段を上へ上へと上がり、従業員控え室の脇、冷蔵庫やら食器棚やらの置かれた広い空間に、我々グループは隔離された。老朽化した建物で威勢のいいお姉さんが仕切る、せんべろ系（千円でべろべろに酔っ払える）居酒屋だった。

不況を背景にした低賃金の影響かデフレスパイラルか、飲食店の低価格化が止まらないが、幹事もメンバーもけっこう大きな会社の再雇用組ややはり再任用で現役を張っている大学の先生、あるいは退職金をしっかりもらって定年退職した元会社員や元公務員で、支払い能力に不安があるわけではない。そもそもせんべろに行く必要などないメンツなのだ。

そういう男たちに限って、何を勘違いしているのか、おしゃれした女性たちが二の足を踏むような店、ビールのコンテナに腰掛けてあらゆるメニューを注文し倒しても、千円とは言わないが二千円でべろべろに酔っ払えて、帰宅した後、洋服から髪の毛までしっかり醤油と油と煙のにおいが染みついてしまうような店に連れて行きたがる。

俺はただの社畜エリートじゃない、ただの〇高〇大出身の元秀才でも、ただのインテリでも、ただの名家のおぼっちゃまでもない、とでも言いたげに、スタイリッシュにせんべろをキメたがる。

確かに料理はおいしかった。煮込んだ軟骨、得体の知れない刺身や内臓、そしてメインのやきとんまで。野菜が無いのには閉口したが同じせんべろでもファミレス系より味はよかったように思う……。

が、鯨飲馬食の宴たけなわからさらに少し時間が経った頃、わずか一日だけの休みを確保し、新潟から無理して出てきた疲労困憊《こんぱい》の介護娘が手洗いに立ち、そのまま籠城。ほどなくべろべろに酔っ払った私も、酒酔いとは明らかに違う気分の悪さを覚えて中座。そのまま八王子に戻った。

一日経った翌日の夜中、お腹が張って眠れず、そのまま起きだして仕事を始め、一時間ほどして手洗いに。本来ならそこですっきりするはずが、お腹の張りが取れない。

十分後に下痢。

はぁ？　ブータンの星無しホテルで従業員用のご飯をいただいたときも、チベットの食堂でツァンパを手づかみで食べたときも、インド辺境の市場でガイドに「自己責任ですよ」と釘を刺されながらサモサを食べたときも、お腹をこわすことなどなかった私が……。

恐るべし御徒町。

排泄してしまえばすっきりするだろう、とのんびり構えていたが、どうも様子が違う。吐き気が少々、食欲はまったく無い。鉛を飲んだような、という表現がぴったりくるような胃の重さに加え、節々が痛い。

仕事を続けていると目の奥が痛み出した。熱を測ると38度。喉や鼻はまったく大丈夫なので風邪やインフルエンザではなさそうだ。

おかゆもお茶も欲しくないので、白湯《さゆ》だけ飲んで寝る。

その夜は、ウィーンフィルのメンバーによるディナー付き室内楽コンサートという、とてつもなく優雅な新年会が予定されていたので、何とか早く治そうと布団に潜った。

ところが夕刻にかけてどんどん熱が上がってきて、無念の欠席となった。

39度近い熱ではさすがに頭痛がして本も読めず、翌日も白湯を飲んで終日、うとうとして過ごす。熱は下がらず食欲はない。それでもその後下痢はないので特に医者に行くこともなく、ネットで症状を調べると、どうやらウィルス性胃腸炎の様子。世間では流行の真っ最中であることを知る。

子供でも高齢者でもないのに、そんなものに感染するとは。なんだかんだ言って体力が落ちていたことを痛感し、不摂生を深く反省する。

母の洗濯物の交換のために老健に行かなければならないが、こんな状態で介護フロアに上がりウィルスをまき散らすわけにはいかない。電話をかけて事情を話し、一階の事務室で、汚れ物と洗濯済みの衣服の交換をさせてもらうつもりだったが……。

「少々お待ちください、今、看護師と相談します」と事務担当者の返事があった。

何の相談？

数分待たされた後、「無理して来られなくてけっこうです」。

確かにエントランスや事務室であっても、ウィルスに汚染された人間にうろうろされては困るだろう。それに一階フロアにはデイサービスセンターもあるのだ。

「それでは主人に行ってもらいます」

「いえ。感染のおそれがありますからご自宅での洗濯はご遠慮いただいて、当方での業者洗濯でお願いします」

なんとそこまで警戒されていた。

ちなみにその後、回復してからもしばらくの間、老健へは出入り禁止となった。老健に限らず、様々な施設でインフルエンザやウィルス性胃腸炎で高齢者が亡くなるたびに話題になる。管理する側としてはこの季節はさぞ神経を使うことだろう。

病気の方は白湯だけ飲んで丸二日寝ていたら、三日目の朝、突然平熱に下がり、目の裏の痛みも関節の痛みもすっかり止んだ。

その日の深夜から翌日の午前一時頃までラジオの生番組の出演が予定されていたので、午前中にディレクターとメールでやりとりし、一応、大事をとって車でスタジオまで向かう旨を書き送った。

しばらくして携帯に電話がかかってきた。

「今、話し合いの結果、プロデューサーの意向で今回は電話出演ということでお願いします」

えー、もう何ともないんですけど……という言葉は飲み込む。

症状が無くなっても体内からウィルスがいなくなるわけではない。天下のＮＨＫのスタジオ中にウィルスをばらまいたら、まさにテロだ。高齢者施設でなくても出入り禁止は当然の判断だった。

その夜は、二時間近い番組を電話出演で乗り切った。本人的にも初めてのことでかなり緊張したが、アナウンサーとスタッフの方々にはたいへんなご迷惑をかけた。

病み上がりのせんべろは厳禁。年初の教訓だ。

いろいろあったが一月下旬の形成外科の再診処置の後、暮れの酒解禁に続き、運動の方も解禁となった。

スイミングクラブに電話をかけて二月からの復帰を告げ、これですべて元通りとVサインなど出していたら……。

母の入所している老健から電話がかかってきた。

「お母様のことでお話ししたいことがございます」

来た。

老健は老人ホームではない。病院と自宅の中間的な役割を担い、在宅復帰を前提としたリハビリを行うところだ。そうした趣旨からして入所可能な期間も三ヵ月からせいぜい一年程度。三ヵ月ごとに判定が行われ、家に戻れると判断されれば退所しなければならない、という建前だが……。

友人知人の親が入居している他の老健では、一年をゆうに超えてもそのまま居る。看取りまでしてもらったケースもある（老健は在宅復帰を目標とする施設で、原則看取りはしないが、ほとんどのところは病院に併設されているため、病気が悪化した場合にはそちらの病棟に移り、小康状態になると老健に戻るという形で看取ることもある）。

また以前、母が急性期病院から転院を勧められた別の病院が経営していた老健では、個室に入ればいつまで居てもかまわない、と耳打ちされた（病棟の方は閉鎖型精神科病棟のため、もし抵抗があるならと同じ敷地内にある老健を勧められた）。

ただし費用は介護保険を使って月六十万から七十万。考えただけでめまいがして私の方が逃げ出し、完治しないまま、自宅介護となった。

現在、母が入所している老健には個室がなく、たまたまそのとき空いていた二人部屋に入れてもらっている。差額ベッド代を入れて月額二十万円。これで一年を超えても置いてもらえるかどうかは微妙なところだったのだが、家族の病気という事情も考慮していただき、お目こぼしにあずかっていたのかもしれない。

だがこの先はどうなるのか、頭を抱えて翌日、老健に行くと……。

予想していたような甘い事態ではなかった。

「実は、お母様が同室の入所者に手を上げてしまいまして」

えっ、と驚くよりも、ああ、やっぱりと血の気が引いた。

当初、なかなか施設に馴染《なじ》んでくれなくて介護士さんたちの手を焼かせた母だが、あるときからすんなりはまってくれた。

「すっかり仕切ってますよ」と精神科医の施設長さんが豪快に笑っていたのは、昨年の二月頃だったか……。

馴染んだのはいいが、二人部屋を自分のテリトリーと見なしてしまったらしい。

「こちらも気をつかってうまくやっていけそうな方を選んで同室にしていたのですが」

その同室者が退所して一人で占有する期間がしばらくあったため、次の入居者が入ってきたときから、自分のテリトリーを守るための攻撃が始まってしまった。絶えず同室の人を監視し、出て行けと言い、ついに暴力が出た。

確かに面会に行っても、オープンスペースなどで他人を排除するような言動があるので、そのたびに「ここはお母ちゃんの部屋じゃなくて、みんなの集まるところなんだから」と言い聞かせてはいたのだが。

「もともとのご性格もあるのでしょうが、身体の大きなおじいさんなんかにでも、向かっていきますから、ご本人が怪我でもされたらたいへんなので」

母親や主婦などというものは外面は穏やかでも、一歩家に入ればまったく別の顔を持つものと私は幼い頃から思っていたから、それが当たり前と感じていたのだが、それにしても母はかなり気性の激しい方だったようだ。感情が平坦《へいたん》で無神経、ノーテンキな私とはちょうど良い組み合わせの母娘だったのかもしれない……。

「良いところもあるんですよ、みなさんによく話しかけますし。ただ自分のお部屋に関してだけはそういうことなので。収益上の問題もありまして、うちでも二人部屋を常に一人で使っていただくわけにはいきませんから」

今すぐ退所してほしいとは言わないが、それまでは薬で対処することを承諾してほしい、ということだった。

「夜だけですか？」

「いえ、昼間も」

「承知しました」

頭を下げて、老健を出る。

がんの方が一段落したら、母の方が新局面を迎えた。

第二ラウンド開始。

どよ〜〜〜ん、とつぶやきながら一人、川の堤防上の道を自宅に向かった。

まだまだ先は長い。


なお認知症の高齢者を向精神薬によって落ち着かせることについては、メディアを通じ専門家や識者の間で批判が多い。実際に介護に携わったことのない方、穏やかなボケ方をしてくれた家族を介護したご経験のある方は、それに同調される。

だが、実際は介護者の対応の仕方ではカバーしきれない部分もある（脳が過剰な興奮を起こしているのだから、お腹をこわしたのを、気の持ちようで治せと言ってるのと同じ）。

逡巡《しゅんじゅん》することなく私が薬の使用について承諾したのは、以前、友人のお母様がやはり施設で向精神薬を使ったという話を聞いていたからだ。

彼は脳梗塞と骨粗鬆症《こつそしょうしょう》でまったく寝たきりになった母上を家族五人で在宅介護していたが、ついに限界が来て、かなりの裏技というか、荒技を使い、嫌がる本人を有料老人ホームに入れた。

やはり興奮したり、攻撃的であったりしたために向精神薬を処方されたとのことだが、彼とメールでやりとりし、また直接、会って話を聞いた限りでは、メディアで流されている「飲む拘束衣」のような状態ではまったくなく、格別の副作用もなかったらしい。処方される薬の種類、処方の仕方などによるのだろう。

また施設入所は彼の母親にもう一つの大きな効果をもたらした。まったく動けない、リハビリする気も無い、手洗いに行くのに介助しようとすれば自分の足を床に下ろすこともなく、全体重を介護者にかけてぶら下がり、腰痛を起こさせていたお母様が、自分で立って一人で手洗いに行けるまでに回復した。これもまた、若い機能訓練士のおにいちゃんの指導と、本人のやる気と努力のたまものだった（偉そうな顔をした中高年の息子なんかより、潑剌《はつらつ》、優しい、体育会系男子がいいに決まってる）。

この彼からだけでなく有用な情報のほとんどを、私は同年代の友人からもらっている。「うちはこんな感じ。あんたのとこ、どうよ？」というやりとりからもたらされる回答は、なまじ公的機関が絡まないだけ幅がある。ウケと話題性、感動を狙ったメディア情報やネット情報に共感する前に、仲間内で互いに現在進行形の情報を開示し合うことで、（ここでは書けないような）より現実的で具体的な方法にたどり着けるだろう。

さて老健での向精神薬の使用について私は承諾したわけだが、そのまま施設に丸投げというわけにはいかない。頻繁に面会に行ってどんな様子なのか見ておこうと思ったのだが、翌日からインフルエンザの流行のために、全棟面会中止となってしまった。

本人には会えないが、洗濯物の交換に訪れる際に介護責任者や看護師さんがロビーまで下りてきて、様子を話してくださる。

それによると身体強健な母がA型インフルエンザに罹《かか》ったらしい。

心配している私に「いいえ、新薬がよく効きましてね、一晩で平熱に下がってしまいましたし、お食事もよく召し上がっていますよ」と看護師さん。V字回復、恐るべし大正生まれである。

ただし元気過ぎてフロア中を歩き回り、ウィルスを拡散させるので、室内のベッド上に留《とど》まってもらうために、さらに向精神薬の投与が必要とのことで、承諾を求められる。

認知症高齢者の身体の病気を治療する難しさをあらためて思い知らされる。

ところで、認知症患者の周辺症状に対応するための向精神薬とは別に、中核症状に作用する抗認知症薬があるが、母の場合は数年前に、ドネペジル（アリセプト）を処方してもらったことがある。

効果はたちまち現れた。一錠ずつ二日間飲んだ後、目がぎらついてきたかと思うと、妄想と怒りが爆発。だが、かかりつけ病院の診療時間は終わっている。先生方も帰ってしまった後だ。

しかたなく処方薬を含めた薬物依存のリハビリ活動に関わっていて、薬物に詳しい友人に即、携帯メールを打つ。

「母ちゃんがアリセプト5ミリグラムを2発キメて錯乱している。どうしよう」

すぐに投薬を止めた方がいいよ、という話になって医師の判断を待つこともなく勝手に中止したところ、元の状態に戻った。二週間後の外来診療で事情を話すと、先生はアリセプトからメマリーに処方薬を変えてくださり、こちらはアリセプトと反対に作用するのか、落ち着いてくれた。

抗認知症薬にもアップ系とダウン系があるのだろうか？

いずれにせよ、患者の状態によって何の薬が効くのか、効かないのか、副作用が出るのか出ないのかさまざまで、抗認知症薬も試行錯誤の段階なのかもしれない。

たぶん、まだ発症していないだろうけれど、認知症予備軍には入っていそうな私としては、運動と生活管理で少しでもリスクを減らすべく努力するしかない。

13　介護老人保健施設入所の経緯

「施設もデイサービスもショートステイも、絶対拒否！」な家族を抱えた介護者のために

薬を使っておとなしくしてもらっているとはいえ、いつまでも母を老健に置いてはおけない。

「こちらもお預かりしている責任はあります。すぐにとは申しません」とフロア担当の看護師さんは言ってくださるが、すぐに、ではなくとも、早急に別の施設、老健のように入所期限が原則三ヵ月といった縛りのないところを探さなければならない。

もし見つからなかったら、また見つかったとしても入居を断られたり、退去を要請されたりする事態になったら、いよいよ私の仕事部屋を使っての二十四時間介護が始まる。

思い起こせば一年と二ヵ月、母を老健で看てもらえたお陰で、なんと楽をさせてもらったことか。

この一年二ヵ月の間に、私自身の検査ができ、がんが発見され、治療ができた。

それが無かったら、今頃、こんなエッセイは書いていない。身体からのサインに気づいたとしても、やばいな、と思いながら放置して取り返しのつかないことになっていた

だろう。世の中の介護者の多くがそうであるように。

デイサービスもショートステイも他の介護サービスも、本人が頑強に拒否するために使えない、家族の心身の疲労が限界を超えている、という方々には参考になるかもしれないので、ここで母の老健入所の経緯を詳しく書いておこう。

一昨年の十一月のこと、身体に関しては極めて頑健な母がお腹の張りを訴えた。よくあることだった。認知症で満腹感がなくなり驚くほど食べる。誰かが昼夜そばにいて厳しく管理すれば別だが、自分で小銭入りの財布を持っており、台所には大きな冷蔵庫もある。

「食うな、食うな、とばかり。あんたと居たら、あたしは飢え死にする。いつもこんなにお腹を空かせているのに」と四六時中叫ばれながら何とかやってきた。それでも気を抜くと、深夜、明け方に腹痛を訴えて、救急車を呼んだりタクシーで病院に乗り付けるといったことを何度か繰り返していた。

ただその日は昼間でもあり、かかりつけ病院に行った。

腹痛がひどく待合室で座っていられない状態だったためにすぐに診療室に入れてもらい、混んでいたので病棟の先生が下りてきて診てくださった。

母のお腹のレントゲン写真を一目見た先生は「イレウスのおそれがある。帰宅させたら危ない。寝ていて吐いたりしたら窒息するし、誤嚥性肺炎を起こす」と入院を勧めた。

チャンス、と思った。一晩、楽できる。予想外に重症だった母の身体を心配する余裕もなくなっていたのだ。

そのとき慌てたように外来の看護師さんが駆け寄ってきて耳打ちした。

「あの、ここでお母様を入院させたら、もうご自宅で生活するのは無理になりますよ」

入院によって認知症が進行することを心配してくれたのだ。

「それに私たちはお母様のことはよく存じていますが、病棟の看護師は知りませんから」

確かに。先生の前で少し吐いた後、母はすっきりしてしまい、数分前の腹痛のことを忘れ「早く帰ろうよ」と叫んでいる。この調子では病棟の看護師さんたちの手を焼かせるだろう。

これまでのことを考えると、私の自宅に寝かせて緩下剤を使えば何とかなりそうにも思えた。

だが、それ以上に、今夜母がここに泊まってくれれば、自分が一晩だけぐっすり眠れる、という誘惑の方が大きかった。

どうせ明け方あたりには、病棟の看護師さんから「ご家族が来て患者さんを落ち着かせてください」という悲鳴のような電話がかかってくることはわかっているが、それまでの数時間はゆっくりできる。

事務手続きを終えて病棟に上がったとたん、母の叫び声が聞こえてきた。取りあえず胃の中のものを取り除き、嘔吐《おうと》による窒息や誤嚥性肺炎を防ぐために、鼻からチューブを入れられていたのだ。

私が顔を出したとたんに、「早く、警察を呼んでちょうだい」と繰り返す。わけがわからず苦しいことをされるのはたまらないが、これぱかりはどうにもならない。

「あんた、あたしがこんな目にあってると思ったら、あんただって今夜、眠れないだろ」

どこまでわかっているのか、さかんにそんなことを口にする。

「びっくりされたと思いますが、大丈夫ですから」

師長さんが落ち着いた口調で言う。続けてお医者さんから説明がある間、叫び声は延々と続いていた。

その夜私はビールで晩酌し、正体もなくぐっすり眠った。

翌日の午後、病院から、どうしても家に帰ると聞かないので家族が来てなだめてほしい、と電話があった。

病室に入ると母は手足を拘束された状態で点滴され、興奮している。

胃の中を空にし下からも出したが、まだしばらく入院治療が必要だ。だが痛み、苦しみが取れれば、本人は家に帰りたがる。短期記憶がないから経緯や事情を話して納得してもらうことができない。

「このケースを在宅で看るのは無理ですよ」とその日、先生から引導を渡される。わかっていることだが、ではどこでだれが面倒を見るの、ということになると見当もつかない。

その翌日は母もだいぶ回復したらしく、車椅子に座っていたが、やはり椅子に拘束されていた。解いたとたんに勝手にエレベーターに乗って出て行こうとするらしい。お見舞いに来てくれた私の従姉妹にも「お願い、私をここから出してちょうだい」と訴えたそうで、従姉妹が涙ぐんでいた。

三日目、どうしても出て行こうとして騒ぐために、同室の患者さんも興奮してしまい困っていると看護師さんからお話があった。だが身体が動くのに、治療が必要だからと四六時中拘束しては、せっかくの身体能力が奪われてしまうとのこと。そこで、病院の相談員さんから同じ敷地内の老人保健施設に移し、そちらで治療を続行する提案があった。老健の認知症フロアはエレベーターに鍵がかかり勝手に出られないから、拘束の必要はない。

無理に決まっている、とそのとき私は思った。以前、心臓が苦しいということでその老健で一泊したことがある。

だが、帰ると言って聞かず、フロアの介護士さんたちが総出でなだめにかかってくれたがどうにもならなかった。

とうとう検査も治療もできないまま翌日の午後、私が迎えに行って連れ帰ったのだが、その帰り道にはすでに何もかも忘れていて、川原の土手を歩きながら切羽詰まった顔で「心臓が苦しいから病院に連れて行って」。


今回も結局、同じ結果になるだろうとためらう私に、白衣姿もりりしい女性の相談員さんが言った。

「お母様は私どもにお預けになって、あなたが少しゆっくりなさってください。このままでは家庭崩壊まで行きますよ」

あまりにも親身で深刻な口調だった。家庭崩壊、とは、おそらく婉曲《えんきょく》な言い回しだったと思う。あのとき相談員さんは、虐待、心中、介護殺人を危惧されていたのではないだろうか。

私は彼女の提案を受け入れ、母を病室から老健に移した。何か訳がわからない様子で、母は車椅子で病棟から廊下を抜けて老健に移った。

――明日には介護士さんが音を上げるよ。絶対、無理――

そんな事を思いながら、母が二人部屋のベッドに移されたのを見届け、その夜私は帰宅した。

翌日、早々に老健から電話がかかり、さて、引き取りにいくか、と覚悟を決めたところが……。

「落ち着いていらっしゃいますよ」という意外な報告だった。

一度、二度、だめでも、諦めるな、ということだ。

もちろんその後、「なぜ私はここにいるのか」「こんなところで無駄金を使ったら将来飢え死にする。家に帰る」が始まるわけだが、二週間ほど面会を控えるようにと指示され、静観するうちに、意外にも馴染んでくれた。

かつて看護師として働いていた母は、ユニフォーム姿の介護士さん、看護師さん、精神科のお医者さんが出入りするフロアで、そこが自分の職場だと思っているふしがあった。他の入所者の方々と冗談を言って笑い合っている姿も見た。

そうして少なくとも、一年二ヵ月を老健で過ごすことができた。あの相談員さんの真摯な対応ときっちり引かれた口紅の色を私が忘れることは決してないだろう。

もし、「うちの母は、父は、絶対にそんなところは嫌だと言っている」「以前、退去を命じられた。もう私一人で面倒見るしかない」「こっちが先に死んだって仕方がない、そのときはそのとき」と諦めている方は考え直した方がいい。二度目、三度目、四度目には何とかなるかもしれない、と。

自宅から施設へのハードルはあまりにも高いが、自宅↓入院↓施設への流れは意外にスムーズだ。介護者にとっては書類の作成や衣類その他の準備など、何かと慌ただしい家族の入院だが、介護の大きな転換点になる。ここを逃す手はない。

家庭内に介護者がいるとちょっとした病気ではなかなか入院させてもらえないが、それが施設介護に繋げる唯一の現実的手段になることを医療関係者にご理解いただければと思う。

そして介護者の方も「母のことは、父のことは私にしかわからない」などと思わず、専門家の言うことは素直に聞いた方がいい。

しっかり者、できた女性、お利口さんほど、他人の言うことを聞かないし、他人に任せることができない。だが、しっかり者、できた女性、お利口さんたちの疲弊した頭と心で下した判断は、しばしば大きな間違いを犯し、悲劇的な結果を生む。

14　ホーム巡礼　八王子十四ヵ所

まずは見学、何をおいても見学、とりあえず登録

さて、せっかく入った老健からついに退所勧告をもらった母だが、寝室をテリトリーと見なしての攻撃行動が出ているので、個室のある施設に移し、自分の場所が確保できれば問題は解決する、と看護師さんは言う。

「こちらもお預かりしている責任があります。すぐにとは申しません」

いずれにせよ、急いでどこか別のところを探さなければならない。

老健や有料老人ホームのみならず、デイサービスやデイケア、入院先の病院などからお引き取り願われる例は、格別、珍しいものではない。

スタッフや他の高齢者に対しての攻撃的言動が原因であることもあれば、「あの人に盗まれた」「あの職員に触られた」等の妄想をまことしやかにあちこちで吹いて回るといった迷惑行為が原因のこともある。これは友人知人と話していると、ＭｅＴｏｏ同様、「うちも、うちも」とけっこう声が上がる。

一方、家族が「うちも」とは言えず、ひた隠すケースもある。

主に男性高齢者による性暴力とセクハラだ。介護士さんの声は立場的な弱さがあって、

取り上げられることが少ないが、これこそ深刻な人権侵害である。施設内ではもちろん在宅訪問介護や自治体職員や民生委員による訪問相談の際にもしばしば起きることでもあり、よりオープンな場で取り上げ、早急に対策を取るべき問題だろう。

理由は様々だが、「お引き取り願います」の結果、抱え込み孤立した家庭で何が起きるのか。

だれも考えたくはないだろう。巷に出回るハートウォーミングな認知症小説やエッセイに、「お引き取り願います」問題は出てこない。

だが……我が事であれば、心配しても悩んでもしかたない。そんな暇はない。

こっちでお引き取り願われても、あちらでは収まってくれるかもしれない。

どうせどこも満杯、入ったところで同じ結果になるだろう、という、悲観的予測は棚上げにする。

これ以上、バタバタするのはもう疲れた、自分の母親だもの最後は私が看るしかないのよね、仕事辞めて介護に専念するからもういい、という覚悟を装った自己憐憫《れんびん》は趣味では無い。リサーチと行動あるのみ。ダメなら次の手を考えればいい。

さて母の場合は、認知症は進んでいても足腰口は達者なので、特別養護老人ホームのような身体介護は必要ない。手厚い介護がむしろ残っている能力、気力を奪ってしまう懸念がある。何より、特養はほとんど空きがなく待機者が列を成している。

他に有料老人ホームという手もあるが、一時金や入居費がかなり高額になり、広い個室や談話室など、どう見てもオーバースペックだ。

それにご主人のためにグループホームを選んだ知人によれば、有料老人ホームの個室内トイレは一見良さそうだが、実は人の目が届かず汚れてもそのままになっていたり、倒れても気づかなかったりといった問題があるとのこと。

歩行をはじめ身体的に問題はなく、認知症のみで要介護3。個室が必要という条件からするとグループホームが最適と考えられるが、二年前に数ヵ所見学して登録してあるにもかかわらず、今に至るまでベッドが空いたという連絡はどこからもない。

比較的入りやすいサービス付き高齢者住宅は、以前、四ヵ所ほど見学したが、やはりある程度自立度が高い人向けで母には無理なように感じた。大丈夫だという方もいるが、私の友人のケースでは、本人の心身の状態とサービス提供の間に齟齬《そご》が生じ、定年退職後の娘が毎日通って、昼食と洗濯を引き受けている。

だめもとでグループホームから探してみることにするが、こちらは待機問題に加え、他の人とうまくやっていける人、というかなり高いハードルも設定されている。危惧する私に、老健の看護師さんは「お部屋の問題だけですから大丈夫ですよ」と請け合ってくれた。

ネットで検索をかければ高齢者施設は多数ヒットするが、こればかりはホームページからは何もわからない。よってまずは見学、何をおいても見学。そして取りあえず、全部、登録してしまうことが重要だ（理由は後述）。

実は、母が老健に入る前にも、施設見学は行っていた。四六時中母が一緒だったから連れて行かざるを得ないが、そんなところに足を踏み入れたとたんに怒り出すので、一計を案じた。

もともと神経質な母は、トイレが近い。そこでグループホームやデイサービスセンター、有料老人ホームなどに、「すみません、お手洗いを貸してください」と言って入れてもらい、母の手洗いを済ませる。「散歩の途中ですが、疲れたようなのでベンチでいいので座らせてください」と頼んで入れてもらうこともある。

どこの施設も驚くほど親切に快く迎えてくれた。見学予約もしていないのに、頼むと内部を見せてくれた。

今回は、母は老健にいるので、そうした方法は取らず、まずはそこのケアマネージャーさんに相談する。だが市内にはいくつグループホームがあるのか、それぞれの所在地はどこか、どこの評判がいいのか、本人にはどんなところが向いているのか、といったことについての回答は得られない。それでもお付き合いのある施設の電話番号を教えていただくことはできた。

そちらに電話をかけ、見学可能な日を教えてもらい予約を取る。

最初は、同じ会社が経営している三ヵ所。A、B、C、と一日一ヵ所のペースだ。

古いところ新しいところ、町の真ん中、辺鄙《へんぴ》な場所、とまちまちだが、A、B、Cとも鉄筋コンクリート造りのしっかりした建物だ。出入り口近くに事務室、居室フロアの中央にダイニングキッチンという作りは他のホームも共通だった。

案内してくれた施設長さんはいかにも大手企業の社員然としていて、病院の事務長さん風。ちょうど午後の気怠《けだる》い時間帯にうかがったせいもあるが、A、Bの二ヵ所は入居者の方々がダイニングテーブルに集まり、まったく会話もないままうつむき、あるいは固まったような表情のまま座り、傍らで介護士さんが黙々と作業している姿があった。

もう一ヵ所のCは要介護度によりフロアが分けられており、軽度の方々のフロアには若干の声が聞こえたが、ほとんどの入居者は無言のまま、ぼんやりと椅子か車椅子に座っている。

三ヵ所とも空きベッドがないか、あっても待機者がいるとのことだったので、取りあえず待機登録だけさせてもらう。

ケアマネージャーさんに紹介してもらったところだけでは心許《こころもと》ないので、自分でもネットで探す。こちらは仲介業者が作ったサイトがほとんどで、見学を申し込むと仲介会社の営業の人がそれぞれの施設に連絡を入れて一緒に回ってくれる。ところがこちらと営業マンと施設の担当者の三者の予定が合う日程を探すのがなかなか面倒だ。さらには空きベッドが無いという理由から、入居一時金が八ケタとか、月額費用が三十万を超える有料老人ホームにたくみに誘導されそうになり、慌てて逃げた。

そんな頃、一昨年の夏に母を連れて見学させてもらったDを思い出した。例によって「トイレ貸してください」と言って入れてもらったところだが、民間アパートのような小ぎれいだが安普請の建物で、フロア全体に活気があった。ダイニングに入り入居者の方々に挨拶すると、その一人が自分の隣を空けて、すぐに母を座らせてくれた。介護士や施設長と入居者の間でひっきりなしに会話が交わされているのも、安心できる雰囲気だった。

そのときに登録したはずだが、と再度訪れスタッフに尋ねてみると、確かに名前があり、そのまま待機の列についていた。つまり二年、三年待っても入れない、ということだ。

帰りがけに、玄関先に「介護サービス事業者ガイドブック　介護なび・はちおうじ」という薄い電話帳のようなものが置かれているのを発見した。ページを開くと市内にあるグループホームの一覧表が載っている。

ネットの仲介業者ごとのリストでは地域内の施設を種類別に網羅したものはなかった

が、そちらの冊子を手に入れることで、ようやく市内にある施設すべてについて把握することができた。

施設を探している家族の方々の多くは、ケアマネージャーさんかネットの仲介業者の方からの情報を頼りにされていると思うが、おそらくどこの区市町村でもこの手のリストは発行されていると思う。非常に頼りになる一冊なので、取りあえず役所の窓口で問い合わせてみたらいかがだろうか。

その冊子に掲載されている八王子市内の認知症対応型グループホームは十四ヵ所。

待機の列が長いということはわかったので、こうなればブルドーザー方式で、いくつかの例外を除き、リストを頭から潰していくことにする。

グループホームDの近くにあるEは印象的なところだった。広めの民家といった二階家で、D同様に活気がある。フロア全体が雑然としていて、床には一枚、肌着が落ちていた。おじいさんが一人、何かぶつぶつつぶやき柱に頭をこすりつけているところに、施設長が何か冗談を言って応対している。

「他でだめだった人でも、うちに来れば大丈夫なのよ。お金ないから良い建物じゃないけど」

施設長の女性の豪快な口調と笑顔が印象的だ。だがここも以前に一度訪れており登録はしたが、相変わらず待機のままだ。

二月に入り、さる医療法人が母体のFに見学に行く。三階建ての建物の一階部分にデイサービスセンターと保育所が入っている。そこでお年寄りと子供たちとのふれあいもあるという。二階のリビングに入ったとたんに、緩やかで和やかな雰囲気に包まれる。施設長の方が、「他ではダメだった方もうちではやっていけます」と言われるのはEと同様だ。他で抗精神病薬を使っていたお年寄りも、ここでは本人一人一人の状態に対応しているため、そうしたものがなくても穏やかに過ごしているという。

「糖尿病の方とかもいますが、ここでは食事制限はしません。おやつなんかも、たとえば夏など、今日は暑いからアイスクリームでも食べようか、ということになると、みんなで買いに行ったりします」

残された日をその人なりに心地よくということだろう。母体である病院で看取りまで行ってくれるらしい。

スタッフが歌を歌わせたり、ゲームをしたりといったことは特にないが、三々五々、入所者の方々がいかにもくつろいだ様子でソファでテレビを見たり、居眠りをして過ごしている姿が印象的だった。

さすがというべきか、ここの入居費用は月額二十七万。他に比べて高い！　だがそれだけのことはある。あたしが稼げばいいんだろ、あたしが。売るために作風を転向して払ってやらぁ、というわけで、ここも待機登録。だが待ちの列は果てしなく長い。

午後からその近くのGに。小ぎれいでおしゃれな民家風でとても感じがいい。整然としたリビングダイニングの整然としたテーブルに整然とお年寄りが腰掛けていた。

施設長も見るからに整然とした女性。こちらは何も説明していないのだが、本能的に事情を見抜いたか、表情が険しい。

一通り中を見せてもらったのち、テーブルで向き合って開口一番に言われた。

「うちは他の人とうまくやっていける方というのが条件です。トラブルを起こしたら退去していただきます」

「はあ……」

「暴言と特に暴力があれば、その場で退去になります。ここを出て精神科病院に行っていただいたケースもいくつかあります」

精神科病院が悪いということはまったくないし、ケースによっては精神科の入院治療が必要なのだが、それにしても強気だよなぁ。ってか、そんなふうに穏やかに人間関係を構築できるボケ方をしてるなら、あたしが在宅で面倒見るよ、とつぶやきつつ、すごすごと退散。

だが強気も道理。きれいで整然とした、普通のおうちのサロン風の建物なのに、入居費が奇跡のように安い。トラブルを起こさず協調性のある方のみ、という条件つきであれば、職員も少人数で済み、人件費もかからないのだから当然だ（有料老人ホームにも、そうした条件をつけたところがあり、そこはホテルのような瀟洒《しょうしゃ》な建物なのに安い）。

一口に認知症対応型高齢者グループホームといっても、千差万別。認知症の症状と元々の本人の性格により、合うところと合わないところがあるということが、見学に回っているうちにわかってきた。


グループホームを探すかたわら、週二回、洗濯物の交換に老健に通う。

「どうですか、どこか見つかりましたか？」

「すみません、どこも一杯で、空きベッドの連絡待ちです」

という会話が繰り返される。

そんな中で老健のケアマネージャーさんからさらに二ヵ所、空きベッドがあるということで、HとIを紹介される。

だがHは、その直前にリストを見て電話をかけたところ、待機者が多くまず無理、と門前払いされている。

そしてIの方は八王子の西の端にある私の自宅からかなり遠く、面会に行くのもバスを乗り換え半日がかりといった場所だ。母にとってまったく馴染みのない土地であることも気になったが、この際贅沢は言っていられない。

期待しないままIに行ってみると、けっこう高そうな有料老人ホームと同じ建物内の、あまり日当たりも景観も良くない部分にあった。

一方中庭に面した回廊風の廊下や広めの食堂などに開放感があり、何となく温泉旅館っぽいイメージでゆったりくつろげそうだ。

入居者の方が緩やかに移動し、交流している様子も良い感じだ。

案内してくださった施設長の方からは認知症への理解が深く、責任を持って管理していることが伝わってくる。だが、やはりというべきか、だからこそというべきか、ここも待機の列が長い。

駅前に出て昼食を取った後、今度はリストから自分で選んだJに見学に行く。

どう見ても安普請の民家だが、建物の立派さ加減でホームの内実ははかれないということは、これまでの見学で学んだ。

だが、施設長さんがいかんせん若い。耳にピアスを光らせた青年は、生真面目そうで働き者な感じであるし、人を見た目で判断してはいけないとはわかっているが、それでも「おい、大丈夫か？」と心配になる。

入居者の方々が、症状の重い軽いはあってもそれぞれいかにも居心地良さそうにくつろいだり、おしゃべりに興じている様は好ましい。介護士の女性たちもベテランという感じだ。

案内してくれたのは施設長ではなく、そこを経営している会社の入居担当者で、午前中に見学したI同様、認知症についてはよく理解されていて、施設としての対応にもポリシーが感じられる。

とりわけ入居者の人間関係に、認知症の特性を踏まえたうえで適切に対応していることに感心した。たとえばダイニングキッチンなどで生じる「縄張り問題」については、言い聞かせや仲裁ではなく、定期的に模様替え、席替えをすることで、最初から縄張り意識を生じさせないように工夫しているとのこと。変化に弱い認知症を逆手に取って、たくみにトラブルを防ぐやり方は目からウロコだ。

会社は近隣市町村でいくつかのグループホームを経営しているところで、入居者の扱いについてノウハウの蓄積があることをうかがわせる。

この入居担当者が各ホームを頻繁に回っているようで、事実上の管理者のように見えるが、肩書きはあくまで「入居担当」であるから、どの程度運営に関わっているのかが気になるところだ。

Jにはベッドの空きがあり、さらにこの一ヵ月くらいでもう一つ空くかもしれないということで、入居できる可能性は非常に高い。ようやく辿《たど》り着いた空きベッドで、ここJでほぼ決まりかな、と思いつつ、翌日、以前門前払いされたHに見学に行く。

今回は前もって「老健からの紹介です」と電話で伝えてあったが、見学の日程を決める段になり、担当者からはいかにも不審そうな声で「施設長は午後から出勤するのでかけ直してください」「その日は施設長が手が離せないからダメ」等々の返答があり、何となく「老健の紹介だろうと何だろうと、空いてないもんは空いてないんだよ」とまた門前払いされた気がした。

実際に行ってみるとHは、風光明媚《めいび》な高台に建つマンション風のしっかりした造りの建物だった。

施設長と面談し驚いた。周りに入居者がいる狭苦しいダイニングで、説明を受けたのだ。事務室はあるようなのだが、そこは外から覗いた限りダイニング以上に狭苦しい倉庫のような場所だ。

マスクをかけた髭の施設長が、同じテーブルにいる入居者に対応する傍ら、制度や手続きについて説明をする。

施設長は管理者というよりは、入居者に密に接している介護士のおじさんで、人手がないといえばそれきりだが、他のグループホームとは何かが違うという感じがした。

話を聞いてみると、なかなか見学者への対応ができず、しかも施設長が午後から出勤した理由というのが、施設内でインフルエンザが発生したから、というものだった。

「一週間以上、ずっと泊まり込んでいたので、ちょっと午前中に帰って仮眠をとってきました」

確かに人手がないのだろうが、緊急時に施設長自らが連続して泊まり込み、対応していることに驚かされる。またインフルエンザが発生した、といったことを見学者に正直に話してくれることからしても、信用度が高そうだ。

認知症の対応についてはこちらの施設も、工夫が凝らされている。入居者の方の私室を見せてもらったのだが、自宅のタンスや仏壇が置かれ、生活の変化に弱い認知症高齢者への配慮がなされていた。

待機者が多いのでかなり待ってもらう、という返事も想定内で、まぁ、こんなもんだよな、と帰宅する。

15　ここは絶海の孤島!?　パラオ
Ｗｉ－Ｆｉもケータイも繋がらない

市内のグループホームを片端から巡るかたわら、無人となった実家の風入れ、合間をぬって本業の執筆と、二月は息つく間もなく過ぎていった、などと書きたいところだが……。

そこは浅慮で無謀な女のこと、昨年の手術から二十五日後のバンコク旅行に続き、この切羽詰まった状況下で、今度は、パラオ行きを決行した。

年明けに申し込んだものでキャンセル料が惜しかった。それ以上に、どこのグループホームも待機者が列を成していることがわかり、入れそうなところはなく、結局のところ以前同様、一人で面倒を見るしかなくなるかもしれないという悲観的な思いがあった。この機を逃したら、もう泊まりがけの旅行などできない。少なくとも今、この瞬間は老健が母を看てくれている。

最後の祭りだ！

丸四日、日本を空けるので、その間、グループホームの見学予定は外した。問題は老健にいる母との週二回の面会と洗濯物の交換だ。まあ、二、三日の遅れなら勘弁してくれるだろう。

そんなことを考え、成田に向かう当日、老健に行き、階下の事務室で翌日から四日間、来られない旨を担当者に告げた。

「携帯にはいつでも出られますので」

その言葉を遮り、担当者が尋ねた。

「何かあったときに代わりに来られる方はどなたですか?」

言葉に詰まった。

「あ、はい、主人が」(実際には夫と旅行しようというのだから来られるわけがない)

「わかりました。ご主人がご自宅におられるのですね」

「あーうー……まぁ……はぃ」

家族が入院する、施設に入る、とはこういうことだ。他にだれか家族がいなければ、観光旅行どころか宿泊を伴う出張もままならない。

幸い母は元気だ。九十半ばとはいえ、インフルエンザはV字回復、足腰口、心臓ともに丈夫。容態急変などあり得ない。だがトラブルを起こしたらどうする?

運を天に任せる。

世界中どこに行っても電話は通じる。パラオにいようが、バンコクにいようが、新橋にいようが、相手に区別はつかない。

四日間、何も起こりませんように。頼む、何も起こさないでくれ……と手を合わせる。もし電話がかかってきたら、「あっ、すいません、今日はどうしても無理なんで、明日行きますから」で通してしらばくれる。

どうしても来い、と言われたら、パラオから電話をかけて近所に住む従姉妹に頼む。私と違って孝行娘で常識人の従姉妹のことで、かなり本気で怒られるだろうが、そのときはそのとき。平身低頭、土下座で謝り、山ほど土産を渡して勘弁してもらおう。

翌早朝、日本を発《た》ち、パラオへ向かった。

そんな気持ちで旅など楽しめるはずがない?

いやいや。何年もこんなことが続いていると、場面場面で気分も思考もときには記憶さえもぶっ飛び、テレビのチャンネルのように世界が切り替わるようになる。

老親、仕事、日常の雑事。今、そこにあるミッションだけに集中する。今、目の前にないものはない。そこまではいいが、お遊びの瞬間に他のすべてを忘れるという芸当も身についた。

そのうえで緊急時やお遊び終了時にチャンネルを切り替えてくれるのが、携帯電話の着信音であり、あらかじめ時間設定したアラームだ。

明日なんか知らない。この一瞬を楽しめ。

大恐慌や戦争前夜の世紀末的お祭り騒ぎの心境だ。

小雪のちらつく成田を発って四時間半。眼下にコバルトブルーの海と紫がかった珊《さん》瑚礁《ごしょう》が見えてくる。

ほどなく着陸。通路を歩き始めた瞬間に身体を包む、湿った熱い空気と南方の木々の吐き出す緑の香り。

再建手術の傷は順調に回復している。残ったもう片方の乳がん検診も終わらせ、後は結果待ちだ。二週間前から水泳も解禁になった。青天井の四日間が始まる。

午後遅くに到着したので、その日はホテルにチェックインしただけで終わる。

部屋に荷物を置き、むっとする草いきれの中を歩きホテル近くのジェラート屋に。景観も何もない小さな店だが、イタリアから来たお兄さんが作るジェラートは、濃厚なナッツ風味、果物そのものの味のトロピカルフルーツソルベ、大人の味のチョコレートと、どれも天国の美味。

店内はANAで着いたばかりの日本人のお姉さんやおばさんのグループ、そして中国から来た色白の若者たち、韓国人のカップルなどで賑わっている。

巨大カップに入った三種類のジェラートを食べながら、おもむろに携帯の電源を入れる。

ええと、飛行中の着信は……。

え?

繋がらない……。

電話も、メールも、だめ。うそっ。

おいっ、ドコモ、最近はここでもローミングサービスができるはずじゃないのか?

スプーンをくわえたまま固まった。

慌てて残りのジェラートをかっこみ、ホテルに戻ると着替えもせずにノートパソコンを広げる。

ネットが繋がらない。

ちょうど新刊『肖像彫刻家』の最後の詰めにかかっており、タイトルや表紙について担当者との連絡、協議事項がいくつか残っている。

パソコンを抱えてロビーに下りる。

客室はだめでもロビーならたいていのホテルで電波が入る。

だがロビーでも事情は同じ。ビジネスセンター?　そんなものあるわけない。ここをどこだと……

今頃、担当者が青くなっているかもしれない。

それより携帯電話だ。万一、老健から電話が入っていたら……。

「○○の症状が出ました。△△の薬を使います。ご承諾を」

「ご本人が◎◎をやらかしました。一応、ご報告させていただきます」

「××の処置をします。許可してください」

数千キロ離れた南の島で、「あ――、すいません、今、神保町なんですよ、すぐにはうかがえないのですが、はい、そのとおりになさってください。よろしくお願いします」とごまかす、などというたわけた目論みが瓦解していく。

何をどういじっても、どこに移動しても、携帯の画面には電波が三本どころか一本も立たない。世界中、どこに行っても携帯は通じると信じていた愚かさよ。

腹をくくり、説教と叱責は覚悟の上、従姉妹にわけを話し、老健と連絡を取ってもらおうと考え、さらなる愚かさに気づく。従姉妹にだって電話は繋がらないのだ。

救命ボートのオールを流された。発煙筒もない。

ここは絶海の孤島。

そしてここは天国の島。

浮き世の雑事を記憶から消し去り、憂さを忘れ、ただ楽しめ……。

さすがにそうもいかず、夫と二人、ガラケー、スマホ、ノートパソコン、タブレットと持っている電子機器を総動員して、何とか外界と連絡を取ろうと悪戦苦闘する。

気づかぬうちに日はすっかり暮れ、バルコニーの向こうの宴会棟には明かりが灯り、その後ろには暗い海が広がっていた。

電子機器はどれ一つとして、繋がらない。

電子機器と格闘しているうちに、あたりは真っ暗になっていた。

オープンエアのバーで、海を黄金色に染めて沈む陽を眺めながらピニャコラーダ……などという夢想は夢想のまま終わり、夕食の時刻が迫っているので取りあえず着替え、旅行会社を通して予約していた魚介類の店へ急ぐ。

穏やかな海の浮き桟橋上の店は適度な揺れが心地よい。

熱帯といっても日が落ちれば涼しく、明かりに照らされ、浅い海に小魚どころか中魚が群れているのが見られる。ロケーションは最高だ。

一晩目ということで張り込み、五色海老《えび》の炭火焼きを頼んだ。

が、待てど暮らせど、来ない。先に運ばれたビールが温《ぬる》くなり、サラダも貝も食べ尽くし、ワインを注文し、それでも来ない。

涼しい海風の中、彼方《かなた》を航行する船の明かりや浮き桟橋の真ん中に空けられた穴から見える魚を眺めて待つ。

こういう時間の流れがパラオだよね、とひたすら待つ。

そろそろ眠たくなった頃、伊豆あたりの伊勢エビの二、三倍はあろうかという五色海老が運ばれてきた。

焦げた殻に詰まっていたのは、ぽさぽさばさばさの身だった。皿に敷かれたアルミ箔《はく》には、さんざん、じっくり、しっかり、芯まで焼かれた五色海老からにじみ出した汁が広がり、茶色く焦げついている。

サラダも鮮度の落ちた野菜類に、市販のドレッシングをかけただけの代物だ。しかも目の玉が飛び出るほど高い。

当然だ。日本人、中国人、韓国人観光客が喜ぶような食文化は、パラオにはない。外国人観光客が各地で食べ歩いている洗練された料理など要求するのが間違いだ。

五色海老のような海産物は地物だが、それ以外の野菜や肉、大型の魚、酒、調味料、穀物に至るまで、そのほとんどは輸入品だから、原価が高い。遠くカリフォルニアやメキシコから運ばれてくる野菜の鮮度が落ちているのも道理だ。

ちなみに製造業もほとんどないから、日用雑貨も輸入品だ。当然物価が高い。

ショッピングセンターの体裁を整えたスーパーマーケットはコロールの中心地にあるが、必要なものを購入する程度で、買い物を楽しむといった感じではない。

そもそもパラオに買い物や食べ歩きの楽しみを求める方が間違っている。

プライベートビーチつきの豪華リゾートは一ヵ所あるが中国人観光客に占領されているし、我々庶民が泊まるには高額だ。そもそも島はマングローブとサンゴに囲まれており、砂浜などほとんどない。

史跡はある。戦跡だが。

民族学や近現代史に興味があれば、戦前、戦中の日本との関係も深く、見るべきもの、学ぶべきものはたくさんある。だが観光地化された歴史遺産としての城や教会や寺院の類はない。

一方、生きているサンゴと見事な透明度を誇る海、多様な生き物、緑の島と海の織りなす独特の景観は、世界でも類を見ないものだ。

ドキュメンタリー番組で聞き飽きた「驚異の大自然」というやつの、紛れもない現物が、この小さな島国に存在する。

ホテルでのんびりして、店を冷やかして過ごすなどあり得ない。せっかく来たら、ひたすらオプショナルツアーに参加し、シュノーケリングに、ダイビング、シーカヤック、ドルフィンスイム、とアクティブに過ごし、一方で住民への礼を失することのないよう注意を払いつつ、村の伝統的建築物や木造船などを見学させてもらうのが正解。

そんなわけで翌日は、早朝から海に出かけ、と言いたいところだが、午前中いっぱい、外国人向けレストラン、一流ホテルのロビー、旅行会社の事務所、と電波が繋がりそうなところを求め、日本からの着信を確認するために空《むな》しい試みを繰り返すことになった。

そして完敗。やはりネット的にここは絶海の孤島だ。

腹をくって午後からオプショナルツアーに参加する。

景色がごちそう、な桟橋脇の店で、味はともかく腹は膨れるランチをいただいた後、無数の無人島が珊瑚礁の海にばらまかれ、コバルトブルーと緑のコントラストが美しい世界遺産、ロックアイランドへ。

一帯にはいくつものダイビングスポットが点在する。その中でもパラオに特徴的なのはシュノーケリングで潜れる浅い海に沈船スポットがあることだ。

パラオの現代史を語り始めると、本一冊分になってしまうので控えるが、第一次世界大戦後、日本の委任統治領となったパラオにはかつて多くの日本人が住み海軍基地も造られた。そのため太平洋戦争末期にアメリカ軍による大規模な空襲を受け、停泊中だった多くの日本の船舶が沈んだ。

そこで繰り広げられた地獄絵図は想像に難くないが、海中に沈んだ鉄の塊は、周辺の海水にミネラルを供給し、七十数年を経て魚たちのパラダイスになった。

ボート上から見下ろす限りぴんと来ないが、潜ってみると青い水を透かして見える、砲塔を突き出した茶色じみた船体は不気味だ。時を隔てて兵士、船員たちの阿鼻叫喚《あびきようかん》が聞こえてきそうな気がする。

その一方でフジツボやサンゴのこびりついた船を小鳥のように自由に出入りする色鮮やかな魚の群れを目にすると、傍らに浮かんでいる私自身も含めて、すべてが永遠の生命サイクルの中にいるような、不思議な感慨にとらえられたりもする。

沈船スポットの次は、パラオの固有種でクマノミの一種、オレンジフィンアネモネフィッシュも見られるコーラルスポットに移る。

素人にとっては可愛らしいクマノミよりは、フィンで蹴飛ばしそうなほど近くを悠然と泳いでいくナポレオンフィッシュのコバルトブルーの巨体の方がインパクトが大きい。たいして泳ぎのうまい魚でもないので、フィンを動かしストーカーのように付いていくと突然、視界が曇った。大量の糞《ふん》だ。丈夫な歯でサンゴをがりがり齧るやつなので、栄養分を吸収した後は砂状のそれを大量に排泄するわけだ。無人島の白砂の浜は彼らが作ったそうな。

壮大な自然の一環などと悦に入っていられるのも相手がナポレオンフィッシュだからで、イルカとなるとそうはいかない。ドルフィンスイムではしゃいでいると、目の前で噴出されたほ乳類の、しっかり黄色をした糞便を頭からかぶることになる。ラッセンの絵を見て、癒やされたい、と思った方はパラオ・ドルフィンズ・パシフィックにぜひ。私は止めないので。

驚異の大自然が売りのパラオでは夜のシーカヤックも得がたい経験となるだろう。

夕刻の桟橋を出て、日没を眺めた後、星空の下をロックアイランドに到着すると、昼間とはまったく異なる風景が広がっている。月明かりに浅い海底が透けて、花園のようなサンゴが白く浮かび上がって見える。

いったん係留船に上がり軽食を取った後、夜の海に入り夜光虫を観《み》る。夜光虫といえば、夏場の東京湾の波打ち際全体を青白く浮かび上がらせているあれを想像するが、あちらは汚染された海に発生する赤潮（プランクトン）の夜の姿。パラオの夜光虫の正体はわからないが、潜ってみると暗い水の間に、一瞬、白く発光するものがある。あまりにもはかない光で、夜光虫なのか飛蚊症《ひぶんしょう》の症状なのか、中高年には区別がつかない。

このツアーでは、一人旅のお姉さんと一緒になった。打ち解けるというよりは、旅の興奮も手伝い、会ったとたんに女子会ノリの機関銃トークで盛り上がった。町中の安ホテルに泊まり、海に、現地の祭りにと短い休暇を目いっぱい楽しんでいる様子だ。

一生懸命働いてお金と休暇を貯《た》めてやってきたんだろうなというのがうかがえ、お互い頑張ろう的な共感が生まれる。

最後に、期待できないパラオのショッピングと食べ物について。

これはパラオに取材し架空の国を舞台にした長編小説『竜と流木』の中でも書いたのだが、町中《まちなか》の小さなショッピングセンターの二階では、日常衣料や雑貨とともに、空気銃が売られていて度肝を抜かれる。

それも日本で使われているようなおもちゃではなく、無差別大量殺人ができそうな、ごつい見た目だ。実際にかなりの威力があり、農作物を荒らす猿を撃ったりもしているらしい。だが主に食用のフルーツバット（主食が果物のコウモリ）を狩るのに使われるとのこと。

フルーツバットのスープはこちらパラオの名物で、ガイドブックでも紹介されている。レストランで隣のテーブルのカップルが注文したものを見せてもらったが、しっかり歯の生えた口を開いて汁の中に大の字で浮かんでいる様には、さすがに食欲をそそられない。

翌日、旅行会社のスタッフに生きているのを見せてもらう機会があった。怪我したフルーツバットを保護して飼っているということで、片方の翼が破れていて飛べないらしい。ケージの中の止まり木のようなものにぶら下がっているが、飛べないので逃げないのだろう。扉は開けっ放しだ。

手を突っ込んで胸のあたりに触れると、ふわふわの毛皮に包まれた身体は意外なくらいに温かい。黒く大きな瞳と、こちらの手をさかんに嘗《な》める人なつこい仕草に、その場にいた全員がメロメロ。スープを注文する観光客が俄然、野蛮人に見えてきた。

パラオの一般的な食文化については、伝統的には主食はタロイモ、おかずは魚、だ。そこに日本統治時代の影響で、餡《あん》ドーナツやおにぎりなどの日本食、戦後、大量に入ってきたアメリカンフード、出稼ぎ韓国人たちが定着させた韓国料理などなど意外にバラエティに富んでいる。

景観を売り物にした外国人観光客向けレストランを除けば、働き者のアジア人たちがやっている地味な食堂ではそれなりにおいしいものを出している。

また品数は少ないが、ローカルフードを扱う食料品店やナイトマーケットで売られている八つ頭をふかしたようなタロイモは、この国のことを知りたければ一度は食べてみるべきものだ。片手に魚、片手に芋を持って交互に齧るのが作法とか。

ときおりローカルフードの店に出る燻製《くんせい》の魚は絶品だ。

青や赤の、大きいものは座布団ほどのサイズの熱帯魚だが、コクのある白身に燻煙の風味がからみつき、オリーブオイルとレモンをしぼりかけて食べると、究極の美味だ。

パラオで食べ歩きなど期待できない、の発言はひとまず撤回しよう。

明日は日本に帰るという三日目、何の気まぐれか夫のスマホが繋がった。すかさず遠隔操作で自宅の留守番電話のメッセージを再生する。営業電話が一本入っていただけだった。老健からの電話はない。

全身から生温かい汗が噴き出した。

翌日の午後には日本に着く。ひとまず無事に旅は終わる。

16　グループホームに引っ越し

娘のいちばん長い日

　帰国した後、さらにいくつかのグループホームを巡り、ほとんどのところは空きベッドがなく、これでもう、耳ピアスの若い施設長のいるJでほぼ決まりよね、と思っていると、ほどなくそのJの担当者から連絡があった。入居が正式に決定したことを告げられる。

　必要な書類の準備、様々な手続きや部屋の清掃、ベッドやカーテンの交換などもあるため、引っ越しは、四月に入ってからになるとのこと。

　行き先が決まれば、あと一、二ヵ月は老健も母を置いてくれるだろう。その間に実家を片付け、持っていく家具などを見極めて選ぼうと計画を立て始めた矢先、突然、待機者が列を成していたはずのHから電話がかかってきた。

　こちらも入居が可能になったとのこと。

　はぁ？　どうなってるの？

　主治医の診断書と脳のＭＲＩ画像の入ったＣＤを持って来るように指示されるが、主治医が、母が入所している老健の施設長であることを告げると、「わかりました、それではこちらで直接、取り寄せます」とのこと。

おそらく老健ともともと連携体制が取れていて、優先的に入れてもらえることになったのではないかと思う。

断る理由はない。

すぐにJに電話をかけ、理由を話して謝罪し辞退の旨を伝える。担当者からは「まったくかまいませんよ」と寛大な返答をいただいた。

こうして市内のグループホーム十四ヵ所のうち、母の入院前に見学させてもらったところを含めて、十二ヵ所を回った時点で、行き先が決まった。動き出してからちょうど一ヵ月が経っていた。


その二日後、二月末に、聖路加病院の外来を受診した。

再建後の回復は順調とのこと。

「先生、二月から水泳を再開しました」

「いいですね。中に入れたものが硬くなるのを防ぐのにも、腕の運動はいいですよ」とN先生。

残っている左側乳房のマンモグラフィーの結果も問題なし。お世話になった女性の乳腺外科医T先生は、この春でもともといらした地方の病院に戻られるとのこと。

若くて小柄で、何事にも動じない貫禄《かんろく》十分なT先生に、お世話になりました、と名残《なごり》惜しい気持ちでご挨拶する。きっとこれからも多くの患者さんに信頼を寄せられ活躍されるだろう。出産、子育てをしながら仕事をされているT先生。戻られた先の地方の病院でもフォロー体制が整っていることを願うばかりだ。

経過が順調なので、それまで月一回だった外来受診は、次回は三ヵ月後と決まった。検診と投薬はこの先もずっと続くが、再発への格別の不安はなく、一区切りついた感がある。

帰宅して一息ついていると電話がかかってきた。グループホームHからだ。

「準備が整いました。三月四日に入居になりますのでよろしく」

五日後だ。

「そんなすぐですか⁉」

「はい」

すでに老健からは直接、診断書その他の書類をもらい、ホームの施設長自らが老健に出向き、母と面談も終えたという。

入居可能との連絡をいただいたのは、つい二日前。引っ越しは四月頃、と踏んでいたので何の準備もしていない。

後期高齢者医療被保険者証・介護保険被保険者証・後期高齢者医療限度額適用標準負

担額減額認定証、もう何がなんだかわからない証明書と様々な書類を揃え、個室に持ち込む物などを慌ててリストアップ。

父の遺影と仏壇、座卓、座椅子、裁縫箱、そして母にとって馴染みのある壁掛けや写真、などなど。小物類についてはその場で袋詰めする。

認知症の高齢者は変化に弱い。入居先のグループホームの個室は、以前、母が昼間過ごしていた私のマンションの和室をそのまま移したようにデザインすることにした。一年以上老健にいたから、以前の記憶がどの程度保たれているかわからないが、とにかく自分の居場所に帰ってきた、とほっとできるような部屋にしたい。

実家に置いてある物もあるので、日暮れ前に夫と二人でそちらに行き、母が愛着を持っていた小型の家具を埃《ほこり》の中から掘り出して、雑巾がけする。

タンス代わりの小型の衣装ケースや新しいパジャマ、下着などは翌日、ホームセンターで購入することにして買い物リストを作る。

また、荷物と母本体を一緒には運べないので、明日から四日のうちに、荷物をすべてグループホームに運び込み部屋に配置。室内を点検し、必要な物を買い足さないといけない。

ようやく行き先が見つかったと胸をなで下ろす余裕はない。母が馴染んでくれるかどうかという難問もそのままだ。

「他の入居者とトラブルを起こしたら即、退去してもらいます。うちから精神科病院に移ってもらったケースもあります」というグループホームGの施設長の率直な言葉が耳によみがえる。

老健と同様、他の方への攻撃行動や暴言が出て退去させられるかもしれない。それ以前に家具や身の回りの物一式を運び込み引っ越しが完了した直後に様々な問題行動が出て、「やはりご無理のようですね」となる可能性は高い。

それでもやってみるしかない。

幸いグループホームHは、家庭的な雰囲気で施設長始めスタッフの方々の入居者に対する対応も親密で温かい。見学や書類のやりとりで足を運ぶうちに私自身は入居者のおばあちゃま方とおしゃべりを交わすような関係になった。

それでも不安から激しい反応が出てしまう母のことで、老健からグループホームへ移すときには何が起きるかわからない。

私一人では手に負えないが、母はもともと血縁以外には心を許さないため、夫に協力は頼めない。負の感情が大きくなると、高齢者の扱いに長《た》けた父方の従姉妹でも手に負えないので、遠方にいる母方の従姉妹に電話をかけ、当日来てもらうことにした。

押しつぶされそうな不安の中、小物類を点検し、家具の寸法などを測っているところに、家電《いえでん》が鳴った。

グループホームHか、老健か。

「篠田先生でいらっしゃいますか」

先生？　だれが？

「△△社○○財団の××です」

おつきあいのある出版社だ。版権の許諾か何かだろう。

「このたび篠田さんの……」

用件から先に言え！！！　こっちはそれどころじゃ……。

吉川英治文学賞？

それがどうした？

受賞？

今、何と言った？

？？？？？？？？？？？

母の重りをぶら下げたままぐるぐる回っている頭で、ぼんやりと事態が理解されてくる。

「ありがとうございます！」

受話器を握ったまま、頭を下げていた。

炎天下のマラソンで、給水所が現れた心境。

これであと十数キロは走れる。

「で、記者会見が帝国ホテルで三月四日にあります」

「はい、承知しました」

通話を終えて気づく。母の移送日と重なっている。

日程は動かせない。両方とも。どうする？

幸い記者会見は夕刻からだ。

母をグループホームに置いて、その足で会場に駆けつける。だが私と従姉妹が退去しようとしたとたんに、母が絶対嫌だ、私も帰る、と興奮し始めたらどうする？　始まったらそう簡単には静まらない。

考えただけでパニックになりそうだ。

とりあえず上の階の自宅にいる夫に内線電話をかけて受賞を知らせる。

「お――」と一言。

それで我に返り、お世話になった担当編集者に報告の電話を入れた後、再び母の引っ越し準備にかかる。

座卓の脚を外し、古びた座椅子を化学ぞうきんでぬぐい、父の写真や位牌《いはい》を袋に詰め、運び出す態勢を整えた後、階上の住まいに上る。

テーブルの上にシャンパンが載っていた。

「ま、とりあえず乾杯」と、夫がおもむろに栓を抜く。

母の引っ越し当日は冷たい雨が降っていた。

従姉妹の顔を見た母はそれなりにご機嫌だ。「退院だよ」と告げて病室内の私物を用意した紙袋に急いで詰め階下に下りるが、長く老健のフロアから出ていない母は早くも落ち着きを失い、一分おきくらいに「トイレ」を繰り返す。

私が退所手続きをしている間、従姉妹に相手をしてもらう。

大人になると人間関係が仕事や友人たちを中心としたものに移り、とかく疎遠になる親戚だが、親が弱ってくると彼らの助けなしでは何も回らない。特に不安定な母の感情面のフォローについては従姉妹たちにずいぶんお世話になっている。

スタッフの方々に見送られ、一年三ヵ月お世話になった老健を、タクシーで後にする。

三十分ほどでグループホームに着いたが、この時点で母の不安は最高潮に。

「退院したんだよ、大丈夫だから」と建物内に入る。

母の個室には、父の大きな遺影、私の部屋にあったフクロウのつるし飾り、母が使っていた座椅子や座卓。壁には見慣れたカレンダーと私の写真、壁のフックには母のエプロンも掛けてある。

いつも過ごしていた私の部屋をそっくり再現したにもかかわらず、母は落ち着かない。

「こんなところ知らない」と騒ぎ出す。

施設の手洗いの表示が読みにくかったために、前日に来て許可を得たうえで大きく『トイレ』と朱書きした紙を戸に貼らせてもらっているのだが、それでも手洗いに行くのに混乱する。

デイルームがわりのダイニングで他の入居者の顔を見たとたんに、さらに興奮と不安が強まる。

「どうぞ、お茶を」とスタッフに促されて席についても、私たちが少しでもそばを離れると「こんな知らない人なんかと、嫌よ」と叫ぶ。

いったん個室に引っ込み、我が家そっくりのしつらえの部屋で落ち着かせようとしたが、そんな目くらましにまったくひっかからないのは、想定外だった。

「こんなところ知らない、あんたたちどっか行っちゃうんじゃないでしょうね」

おやつですよ、とスタッフに促され、ふたたびダイニングに足を踏み入れるが、大好きな甘いものを出されても、母は一口で飲み込み、全身が強ばったままだ。

「こんな知らない人の中に入れられて」と、激怒するかわりに今度はぐしゃぐしゃと泣き出す。

傍らの従姉妹も半泣きで「おばちゃん、辛いけれど、これがおばちゃんにはいちばんいい方法だから」と慰める。雰囲気がず――――んと重くなっていく。

記者会見の時刻が迫っている。

施設のスタッフになだめてもらい、隙を見て退出した。

「二週間くらいはみなさん、慣れなくてたいへんですが、我々がきちんとフォローしますから」という施設長の言葉に、「わかりました。私も毎日来ます」と答えると、慣れるまでは面会を控えた方が良いとのこと。老健でも同じことを言われたことを思い出す。その間に母は馴染んでしまったから今回も……。

迎えに来たタクシーに飛び乗り駅に向かう。

途中駅で従姉妹と別れ、帝国ホテルに行く前にヘアメイクスタジオに飛び込む。眉が半分ない柴犬のような顔と白髪交じりのぼさぼさの髪をわずか四十分で整えてもらい、雨の中を帝国ホテルまで走る。

クロークの前でずだ袋からパンプスを取り出し、履き替えて記者会見会場に。

文芸担当の記者さんたちの前で何を挨拶したのか、質問にどう答えたのか、グループホームに置いてきた母のことで頭がいっぱいでほとんど記憶にない。

記者会見が終わった後、広報用のスチール写真を撮る。

後日、その写真が送られてきたのだが、髪をシニョンに結い厚化粧した老婆の姿がそこにあった。口元はにっこりしているが、目は笑っていない。眉間のファンデーションはしっかり割れて縦ジワが刻まれていた。

記者会見後は、この日選考会が行われた新人賞の選考委員の方々や他の受賞者とともに懇親会があった。

葉巻とスピリッツの香りが立ちこめ、和服や上等のジャケットを着用した大御所・重鎮らが勢揃いしている会場の雰囲気は、ほんの少し前まで私がいた世界とかけ離れすぎ、めまいがしそうだ。これぞ文壇で、どう見ても堅気の世界ではない。みなさん背中に彫り物の一つ二つあっても不思議はない面構え……。

やっちゃいらんねえ、と空きっ腹を抱えたままソファで愛想笑いを浮かべていると、正面にいた大沢在昌さんがやにわに立ち上がった。

「篠田さん、夕飯まだだろ、腹、空いているんじゃないか?」と、サンドウィッチやつまみを持ってきてくれた。落涙ものだ。考えてみれば昼ご飯も食べていない。

豪放磊落《らいらく》に見えて周囲の人々に細かく気配りできる男が、エンタテインメント系の作家の中にはときおりいる。

人望あるんだろうなぁ、この人、と心の内でそっとため息をつく。

17　エッセイは終わっても人生は終わらない

てんやわんやの引っ越しから数日後、グループホームから電話があった。母が夜眠らず、手洗いや自分の部屋がわからず、トラブルも多いという。

「老健さんからの報告だと、もっとマイルドな方のような書き方でしたが」

それでも一ヵ月くらいのうちには次第に馴染んでくれるだろうとのこと。

幸い、健脚なのでどうにも興奮が収まらないときは散歩に連れていくと少し落ち着くらしい。だがその間、完全に一人、人手が割かれるので、そう頻繁にというわけにもいかない。

翌日、私が行って散歩をさせる。住民票のある市域とはいえ住んだことのない場所で、馴染みのない景色を目にした母は不安から不機嫌になるばかりだ。

路地を抜け、橋を渡り、以前、花見やフリーマーケットなどによく連れてきた公園まで歩くが、記憶は失われている。それでも近くのデニーズに入り、小さなアイスクリームを食べている間は機嫌が良くなる。ただし不安感は残るらしく、ひっきりなしに店内のトイレに通う。

道を歩いている最中は、ところかまわずズボンを下ろして中腰で排尿。これは十年以上前からのことで、無理に手洗いに連れていこうとすると怒り出すので、諦めるしかない。他人の車や自動販売機を避け、側溝や空き地でやってもらう。

男の立ちションはタブーになって久しいが、男どころか女性が中腰になって後ろに飛ばす、というのは、昔の農村にはよくあった光景だと聞いている。私の高校時代にも、農家出身のおばさんがその姿勢で用を足しているのを見かけた。母の中では、それが普通だった時代に戻ってしまっているのだろう。

そういえばギリシャに行ったときに「お手洗い」と言ったら、ガイドさんに「どうぞ」と道路脇のオリーブ畑に案内されたことがあった……。

それはともかく現代の日本の町中でやられるとかなり困る。

まいったな、とぼやきながら週二、三回、施設を訪れ、午後二時頃から一時間ほど散歩をさせるようになった。

たまたま施設の近くに父の眠る墓地があり、春の彼岸の終わりに父方の従姉妹が、母と私を車でそこに連れていってくれた。

墓の前で一応、手くらいは合わせるかな、と思っていたが、母はまったく興味を示さなかった。そこがどこで何をしているかは認識しているのだが、「墓になど来たって面白いことなんか何もない」と怒り出す。慌てて車に乗せて近隣のドライブに切り替えると、すぐに機嫌を直した。

桜の季節に入り、今度は母方の従姉妹がたくさんの料理を作ってやってきた。お昼を食べながら、近くの公園で花見をするつもりだった。施設の昼食はあらかじめ断ってある。

だが、曇り空ということもあり、母の機嫌は悪い。

食べ物と甘い飲み物への執着は強いので、いただきますも何もなく、広げる前に包みに手を伸ばし、何かと競争するように次々と平らげ、桜を観賞する余裕などない。

食べながら頻繁に尿意を訴えるが、広い公園の手洗いは遠い。ベンチに隠れて用を足そうとする母と喧嘩《けんか》しながら何とか裏手の体育館まで引っ張っていくが、公園に面した入口は施錠されている。インターホンを鳴らして事情を話すも、正面玄関に回れとのこと。喧嘩腰の押し問答の末、何とか入れてもらう。

ほっと一息ついた二十秒後には、用を足したことを忘れ、また「トイレ」が始まる。

料理を広げて桜の花の下でゆっくり楽しむ、亡き父の墓前に線香を手向けて手を合わせる。

そうした行事の作法や楽しみは、すでに母の中で失われて久しいが、一ヵ月に数回、訪問してくれる従姉妹たちにその状態は理解しにくい。

昔のイメージのまま、何とか楽しい時間を過ごしてもらおうと手を尽くしてくれるのだが、真心とそれを受けとめる側の感覚がすれ違う。

認知症の人々にとって何が楽しく、どのようなものに心を惹《ひ》かれるのか。もちろん最大の関心は食べ物、特に甘いものだが、飲み込んだ瞬間に記憶からも消し去られるはかない喜びで、それ以外は、身内の中の心を許した者に笑いかけられ触ってもらうことだろうか。

それでも好きなモノ、好きなコトは目を凝らせば、けっこう意外なところに見つかる。クリスマスツリーの金のボールであったり、薄汚れた紐《ひも》の類だったり、サヤエンドウの筋取り作業であったり。そのあたりは幼子と同じで私たちにとっては、わかるようなわからないような世界だ。


あれは入所して十日ほどが過ぎた頃のことだったが、施設長から電話がかかり、夜間、どうしても眠らず、昼も興奮が止まないため、精神科医の処方でやや強い薬を使いたいとのこと。

以前も老健で向精神薬を処方してもらっていたのだが、グループホームでは薬を抜き、職員の対応の仕方を工夫し何とかするつもりだったようだ。しかしやはりケースバイケースで、それが通用しないこともある。相手の顔の高さまでかがみ込み、近距離からしっかり目を見て話しかける。やさしく手に触れる。そんな対応をしてくれる施設長や普通に世間話をしてくれる女性職員に多少は懐いてくれたが、母の場合は施設側の完壁に見えるそうした認知症対応技法でもどうにもならなかった。

二日後に面会に行くと、首を垂れ、腰が曲がり、呂律《ろれつ》の回っていない母の姿があった。老健にいたときと違い、薬の副作用がだいぶ強く出た。

何とか散歩に連れ出すが、めまいがして歩けない。途中で引き返し、小柄な母でもあり背負って帰ろうとしたが、本人が拒否するので、手を繋ぎ塀を伝い歩きするように二十分くらいかけて戻る。途中、児童発達支援センターの敷地に勝手に入り込み、休ませてもらった。軒先に腰掛けて、母と二人見入った花壇のパンジーとチューリップが異様なほど色鮮やかで美しかった。

「めまいがひどいようで」

帰ってきて施設長にそう訴えると、先方もそのことは承知していて、すでに精神科医に電話をし、服用を止めたい旨を伝えたとのことだった。

だが薬を止めれば、興奮と攻撃行動が出る。職員の対応によって対処すると言われても、現場の方の苦労を思うと気が遠くなる。

「いくら仕事とはいえ、そのために若い世代の心身が蝕《むしば》まれるほどのものなら、薬でおとなしくなってもらうべきじゃないか」と遠慮がちに夫が言う。

老健で飲んでいた向精神薬を止めて職員の対応で穏やかな生活を可能にし、やはり老健で服用していた緩下剤を止めて普段の食事で正常な便通を促す。グループホームHの取り組みはこうした施設の理想型だ。

施設長以下職員と入居者の関係も、入居者同士の関係も親密で、家庭的な雰囲気だ。

だが、と今さらながら私は思う。

理想的な施設が本人にとって理想的であるとは限らない。私が見学してここなら居心地良さそうだ、と思ったところ、自分が将来入ることになったらここだ、と思えるところが本人にとって居心地が良いとは限らない。

蛍光灯の灯った病棟のような居室と、広いデイルーム、大勢の高齢者に一斉に運ばれてくる病院食そのものの食事。強制される歌や体操の時間。老健でのそうした生活に、家庭的な温もりは感じられなかったが、家庭的で親密な、人との距離の近さが最大のストレスになる高齢者だっているのだ。

実際の家庭でさえ、密接に家族が関われば関わるほど激しい症状の出るケースでは、他人との密接な関係など望むべくもない。

老健で母がそこそこ落ち着いていられたのは、若い頃、看護師をしていたせいで、ユニフォーム姿の人々がてきぱきと動き、中央にナースステーションのある病棟風の場所を自分の居場所、と認識できたからかもしれない。周りの入居者や職員を同じ寮の仕事仲間のように捉え、機嫌の良いときには冗談を言って笑い合っていた。

「あたしだって看護婦やっていたのよ。そんなことくらいわかるわよ」と母に怒鳴られた介護士のお姉さんは、私の代わりにいつも母と喧嘩していた。

ケアしてもらうにしても、ときに何かを強制され、厳しい物言いをされても、白衣姿の医者風、看護師長風の人からであれば、反発しながらも納得するが、相手が「隣のおばさん」では、「なんであんたなんかに触られたり、文句言われなきゃならないのさ」「なんであんたみたいなばあさんと一緒にお茶飲まなきゃいけないのさ」ということになる。

グループホームを探し始める前に見学に行った、古い病院を改装した大型有料老人ホームをふと思い出した。どこから見ても病院で、職員の態度は事務的、入居者間の交流もなさそうで、だだっ広いデイルームでは高齢者の方々が会話もなく、三々五々、テレビを見たり、歯磨きをしたり、黙って座っていたりしていた。

たとえ私が頻繁に面会に行くにしても、ここではあまりにも淋《さび》しいだろう、と感じて登録さえしなかったのだが、今にして思えば、あの一見、大病院のような環境、入居者同士が交流を求められることもなく、広いフロアを自由に歩き回れる環境が、母には合っていたのかもしれない。

グループホームの施設長の判断で、強い薬をいったん止めた母は、再び歩けるようになった。呂律も回る。だが、認知症は進み、一応は自立していた排泄が危なくなった。その前からリハビリパンツをはかされているのは気づいていたが、あるとき面会に行ってみると、手洗いの中ではいているリハビリパンツを力任せに破いているところだった。「あ、私が繕うのたいへんだから、破かないでね」と言ってみたが、「こんな厚いものが入っているから」と中からポリマーを摑み出している。

そのまま便器に入れて流されたら大惨事だ。こればかりは怒鳴られようが、暴れられようが、力ずくで取り上げくずかごに捨てた。

それにしても丈夫なリハビリパンツを、無理矢理素手で引き裂く力には唖然《あぜん》とした。その後、施設側もリハビリパンツを使うのを諦め、施設長からはありったけのパンツを持ってくるようにと連絡があった。

職員や他の入居者への攻撃的言動は止まない。自分の部屋や他人の部屋に入り込んでの排尿、排便もある。

よりきめ細かな薬の処方を可能にするために、精神科への入院を打診されたのは、五月半ばのことだ。

認知症高齢者の精神科病院への入院は常に非難の的になっているが、症状によっては向精神薬、ときには抗精神病薬が必要になる場合もある。それは連続して長時間向き合った者でなければわからないことで、カウンセリングや訪問介護などで一時的に関わっている限り見えない部分でもあるだろう。

そして強い薬を使う以上は、量や使い方を見極めるために二十四時間態勢で見守り、試行錯誤を重ねなければならない。当然、入院が必要で、そのあたりは他の精神疾患も同様だ。

今まで幾度か精神科への入院を勧められ断り続けてきたが、そろそろ決断のときが来たようだ。

そんなことで現在、グループホームが提携している精神科医の往診を待ちながら状況を見守っているところだ。

どのような結果になるのか見当もつかないが、精神科の入院はせいぜい三ヵ月、長くても一年で退院となり、その後の身の振り方が最大の問題だ。

元のグループホームに戻るという選択肢も出てくるかもしれないが、職員への負担の大きさを思うとさすがに二の足を踏む。老健を併設している病院にお世話になりたい旨を施設長には伝えた。

今のところ、私にできるのは頻繁に面会に通うことくらいだ。

世の中には自称専門家の手による認知症理解を訴える啓蒙書《けいもうしょ》、美談を重ねて在宅介護を精神論で乗り切れると誤解させるタレント本や雑誌記事、介護に絡ませて家族愛を謳《うた》い上げる小説やドラマ、マンガまでが溢れている。

そんなものをいちいち糾弾する気はない。議論する気もない。
今のところ現実への対応で、手一杯だ。
一冊の本と違い、人生は死ぬまで終わらない。悲劇も喜劇もオチもない。
老いた母のこの先は見当もつかず、自分の病気についてもわからない。事が起きれば
そのときはそのとき。その都度粛々と対処するだけだ。
最善の選択などありえないが、最悪の結果を回避できれば、まずは上等、といったと
ころで、このエッセイを終わりたい。
明日からは本職の小説に戻ろう。

【特別対談】

やってみてわかった「ここが知りたい！」乳房再建のほんとのトコロ

篠田節子×医学博士　名倉直美

（聖路加国際病院　ブレストセンター
日本形成外科学会認定専門医
本文中篠田さん担当医N先生として登場）

駆け込み決断した「再建」という選択肢

篠田　実は乳がんと診断されたときに、ステージ1と2の間ぐらいということで。温存か切除か、どちらかを選ぶことになるでしょう、でもこの状態だと、たぶん切除になるんじゃないでしょうか、というようなことを、地元の乳腺科の先生に言われたんです。「万一取っちゃったにしても、再建という手もありますから」って。そのときは、還暦過ぎて再建？　ありえない、と（笑）。

一世代前に乳がん手術をしている周りの友人たちは、みんな温存なんですよ。だから私も温存になるのかな、なんて思っていたら、聖路加での診断の結果、全摘しかない、と。そこで乳腺外科の先生から再建するかしないか、という選択肢が即座に提示されたんです。ありえない、と思っていたのに、するかしないか、するなら今、形成外科の先生の予定、押さえますよという、まさに「あと十分だけ、このお値段！」状態で。これ逃したらチャンスなくなるかも、手術して閉じちゃったらもうできないのかも、とか、なんだかわからないけどやるなら今、ええい、やっちゃえ的な、気分になって。

だから、再建って、最近の乳がん手術では切除が決まったところで提示されるごく普通の選択肢なのかと思っていたんですが、後から論文なんかを読んでみると、実は再建手術を実施している医療機関はすごく限られているそうですね。理由は、再建手術を行うことができる形成外科医が少ないから、と。今日は、その希少な形成外科医の先生からお話をうかがえるということで、たくさん質問事項を用意してきました。よろしくお願いします。

名倉　こちらこそ、よろしくお願いします。

乳房再建は、特に人工物（シリコンインプラント）での再建の場合はどこでもできるわけではなくて、実施施設認定といって、常勤で形成外科と乳腺外科の専門医がいる施設でないと、認められていないのです。全国で五五〇施設くらい（注・二〇二一年十一月現在は、六一三施設）になりますが、東京近郊など特定の地域に集中していて、地方では施設がまだまだ少ないですね。自家組織を使った再建には、実施施設認定といった制限はないですが、形成外科医の人数や病院の規模によって条件が異なるので、どこでも同じようにできるわけではないのです。

篠田　私は人工物で再建していただきましたけど、そうすると自家組織での再建の方が、数としては多いんですか？

名倉　人工物で再建できる施設が限られているので、全国的には自家組織での再建も多いと思います。もともと人工物での再建は保険がきかなくて自費治療だったこともあって、患者さんにとってハードルが高い再建方法だったんです。それが、二〇一三年七月から保険が使えるようになって、そこから人工物での再建が一気に増えました。

篠田　でも、自家組織での再建って、脂肪を取ったところの傷口がひきつれるとか、傷痕が残るとか、あるそうですが。先生からご説明いただいたときも、痛そう、これは嫌だな、と。まあ私の場合は、乳腺外科の執刀医の先生から「取るような脂肪がない」と一言（笑）。

名倉　細い方はどうしても難しくて（笑）。当院では人工物が多いですが、術前に人工物と自家組織と、どちらにしますか？　と説明して、自家組織を選ぶ方もいらっしゃいます。自家組織での再建って、傷は増えるし、手術時間や入院も長くなる、というデメリットは確かにあるんですが、長い目で見たときのメリットもあるんです。

人工物の場合、再建した直後はきれいな形になるように作っているんですが、どうしてもだんだん硬くなってくることがあるんですよね。インプラントの周りに被膜という膜ができますが、それが縮んでくると、被膜拘縮といってインプラントの輪郭がはっきり外から見えてしまうことがあって。特に痩せている方だと起こりやすいので、マッサージや運動をしていただく必要があります。それに対して、自家組織だと、長期的な変化は少ないといわれています。より自然な形で、小さめの乳房や下垂なども再現されやすいですね。

そのほかの合併症として、人工物の場合、インプラントの周りにリンパ液が増えて、胸がぼこっと腫れてしまう病気（ブレスト・インプラント関連未分化大細胞型リンパ腫）が、数万人に一人くらいの割合で起こる可能性があります。発症まで平均九年といわれていますが、日本で人工物再建が増えたのがここ四～五年なので、そういった症状の方が、これから増えてくる可能性はあるのかな、と思っています。だから、長期のリスクを考えて、人工物ではなく自家組織での再建を選ぶ方もいらっしゃいます。

篠田　そのあたり、インプラントのリスクについては、しっかり説明してくださいましたね。でも、一〇年後、二〇年後の、となったら私にはあんまり関係ないなと（笑）。

名倉　患者さんの年齢によって、再建に求めるものも変わってきますから。若い方は、脱いだときに今と同じ見た目を希望する方が多いです。より自然に、傷痕も目立たないように。

四十代以降の方は、見た目だけではなくて、洋服を着たときに不自然じゃないとか、パッドをいちいち入れたくないとか、過ごしやすさや快適さを重視する方が多いですね。

篠田　私もまさにそれ。水泳するときにわざわざパッドを入れたくない、という理由で再建を決めましたから。

名倉　七十代になってくると、孫とお風呂に入りたいとか、家族や友人と温泉に行くのを断りたくない、とか、自分のためというより周りに気を遣わせないために、という理由が多くなってきます。何を目的に再建するのか、患者さんのご要望はできるだけ細かくお聞きするようにしています。

乳房再建のスペシャリスト、誕生！

篠田　形成外科医、それも数少ない乳房再建を担当するお医者さんになられたのには、何かきっかけがあるんですか？

名倉　最初は、事故に遭った方や病気のために障害を持った方をサポートするような、理学療法士や作業療法士の仕事をしたいと思っていたんですけど、よく調べてみると、治療プログラムは医者が診断して決めているようだ、と。それなら、治療の組み立てから関わるには医者になった方がいいと思い医学部を目指しました。入学後は、整形外科でリハビリを専攻しようと思っていましたが、いざ学生時代に実習に行ってみると、治療で整復をするのに強い力が必要だったり、傷を消毒する間、足を持ち上げているのも重かったり。一日何回も何回もひたすら消毒するというのもなかなか過酷で、現実を突きつけられたんです。かなり体力が必要だから、長く続けるのは無理かもしれないと思いました。

その頃に初めて形成外科を知って……たとえば乳がんで乳房を失ったとか、事故で指を切断したとか、そういうのを再建する外科の分野があることを知って、そこから興味を持って形成外科を志望しました。

篠田　そうですか、そのときに理学療法士になられてたら、今頃私の胸もだいぶ違っちゃっていたかもしれないですね（笑）。よく混同されがちな、形成外科と美容外科、この違いはどういうところなんですか。

名倉　形成外科は体表、体の表面の外科なので、頭からつま先まで全部に関わり、変形や欠損などの病気に対して、機能的・形態的な改善を目指す外科です。一方美容外科は、正常なところをより美しく、より良くするという外科です。乳房でいえば、形成外科が行う乳房再建は、乳がんなどで失った乳房を、術前の状態にいかに近づけるかというアプローチですが、美容外科は、より良い形、もっと大きくする、あるいは小さくする、といったことを目指します。

美容外科の、正常なところをより良くしていくというのは、技術はもちろん、審美的な判断の難しい分野だなと思っているので、お互いにリスペクトし合っていると思います。でも、混同されると、つい訂正してしまいます（笑）。
篠田　自分で再建手術を受けてみまして、残った方と似たような形に、とにかく不自然にならないように近づけていく、この技術と努力ってすごいものがあるなと思いまして。エッセイの中にも書いたんですけれども、定規を持って。
名倉　そうですね、計測が命ですので。
篠田　あちこち線引っ張って……。「デッサン狂った！」ってわけにいきませんもんね。切っちゃった後じゃもう遅いだろうし。あと、一番びっくりしたのが、体を起こす手術台。
名倉　寝ている状態だけ見て再建しても、起きているときの再現性がわかりませんから、手術中に体を起こしてもらうんです。
篠田　飛行機のビジネスクラスのフラットシートみたいな感じで。
名倉　全身麻酔がかかっている方を無理やり起こすので、危険も伴うんですよね。患者さんの力が抜けているから、できたら避けてほしいと麻酔科の先生から言われてきたんですが、何年もかけてちょっとずつ歩み寄って、今はしっかり九〇度まで起こしてもらえるようになりました。

篠田　そんなご苦労もあったとは。こっちは意識がないからまったく知らずにいました。

名倉　私は「起こしてください」と言うだけなんですけど、周りでそれをサポートしてくれる看護師とか、麻酔科の先生とか、本当に感謝、感謝で。

篠田　それは、患者当人が一番感謝なんですけどね。あと、技術的に再建ならではの難しいところがあったりしますか。

名倉　当院では自家組織での再建もやりますが、インプラントでの再建をメインにやっています。インプラントは既製品なので、決まったものの中から近いものを選ぶしかありません。オーダーメイドではないので、作りにくいお胸の形の方は難しいですね。

篠田　何か、お椀型としずく型があるとか。

名倉　うちではしずく型しか使ってなくて。（注・二〇二一年十一月現在は、お椀型としずく型のどちらも使えます）

篠田　じゃあ、私もしずく型が入ってるんですか。

名倉　しずく型が入っています。

篠田　私の場合だと、再建した方の胸の上部分が、してない方と比べて、はっきり立派なんですよ。シリコンの膨らみがぽっこり見える。再建してない方は胸の上が肋骨が透けるくらい何もないものですから。

名倉　細身の方、痩せていらっしゃる方は難しいんですよね……。今、日本で保険適用のインプラントはアメリカのものなので、大きいサイズは充実しているんですけど、薄い乳房だとなかなか合うものがなくて。
篠田　そうなんですよ（笑）。
名倉　体格によって、合う乳房の形も違うので、そこが難しいですね。
篠田　アメリカ製なんですか？
名倉　アラガン社というアメリカの会社のものを使っています。（注・二〇二一年十一月現在は、アラガン社のほかにシェントラ社の製品を使っています）
篠田　日本の企業なんかで作ったら、ものすごくいいのができそうな気がしますね。
名倉　作ったらいいと思うんです、日本人の体形に合わせたインプラント。そういう企画があったら本当に関わりたいと思っています。
篠田　日本のモノづくりの技術をもってすれば、きっと作れると思いますよね。
名倉　ぜひ、そういったプロジェクトがあれば参加したいです！

「乳がん手術」のイメージと実際のギャップ

篠田　乳がんの手術って、昔は「ハルステッド法」とか言って腋の下のリンパ腺から筋肉組織まで全部取っちゃったそうですが、その後にだんだん取る部分が小さくなっていったとうかがいましたが……。

名倉　そうですね、取りすぎない方向に向かっています。「根治性」と「整容性」のせめぎ合いというのはずっと言われているところで、乳がんを取り残さないようにしっかり取りたい、でもあまり取りすぎてしまうと、再建したインプラントの輪郭がくっきり見えて、きれいにできなかったりするので、そこは乳腺外科と形成外科とがよくよく話し合うところです。

篠田　あちらを立てればこちらが立たず、というわけですか。

名倉　もともとの疾患である乳がんの治療が最優先なので、根治性に重きを置いてしっかり取るのは大事なことです。そのあとに形成外科でできるだけのことをしようと思っているんですけど、乳腺外科の先生方と整容面を考慮した話し合いをすることが増えてきているように思います。

たとえば温存手術をするにしても、切除した後の乳房がなるべくきれいな形になるように工夫したり、全摘出手術と同時に人工物で再建するなら、病変に関係ないところは取りすぎないようにしたり、傷の切開部位や大きさをどうしようかっていうのを、一緒に話し合ってくださるようになりました。以前は、形成外科側は受け身というか、乳腺外科で乳房切除手術が終わる頃に手術室に入って、どのような術後の状態でもそこから頑張る感じだったのが、術前から、病変があって皮膚が薄くなりそうな部位や傷の位置などを話し合えるようになったのはすごくいいことだと思います。

篠田　そういう意味では、温存にこだわらなくても、だいぶ見た目の問題も改善されてきているわけですね。今回、最初にがんと診断されたクリニックで、私の場合、全摘の方が望ましいと言われたときに、一昔前に手術した友人たちがみんな温存だったから、私も温存でやりたい、とインターネットで調べたんですけど、「ここの病院は何割温存でやってくれる」みたいなランキングが出てきました。まだまだ多いんでしょうね、何とか全摘ではなく残したい、という方。それどころか、手術さえしたくないという方。それで、まだエビデンスがしっかりしてないような最先端の医療に走ったり、怪しげな治療に通ったり……。

名倉　中にはいらっしゃいます。

篠田　先生どうしても温存にしてください！　といったケースもあるそうで、なかなかそのあたり、大変ではないですか？　患者さんへの説明は、どんな感じで行っているんですか？

名倉　とにかく、話し合いです。もちろん標準治療、エビデンスがわかっている治療を勧めますけど、患者さんの気持ちを無視して押しつけることはできません。そこが難しいところですね。通院して、話を聞いてくださって、何とかしようとしている患者さんには、こちらもできるだけコミュニケーションを取っていきたいと思うんですけど……

どうにも折り合いがつかないときもあります。通院を止めてしまわれて、今どこでどうしていらっしゃるのかわからない方もいます。来なくなってしまうと、こちらはどうすることもできないのが現実です。
篠田　セカンドオピニオンで別のところに行って、無事に済んでいればいいですけどね。
名倉　そうですね……あちこち受診するうちに、時間もどんどん過ぎてしまうので、治療法に納得していただける説明ができるよう心がけています。
篠田　説明しても、納得してもらえない？
名倉　がんになっていろいろ不安で、治療法のデメリットに敏感になり、受け入れたくないというのもわかるので、難しいなと思いますね。
篠田　確かに、診断された直後は、結構ナーバスになるでしょうからね。
名倉　診断されると、治療のことをトントンと決めなきゃいけない。受け入れきれないうちに、突然たくさんのことを言われるので。
篠田　お若い方は特にそうかもしれない。先のことをあれこれ考えてしまうだろうし。
名倉　ご自身のことだけでなく、家族からの心配もあるので、いろいろな迷いが生まれてしまうのだと思うんです。
篠田　私の知り合いの方で、乳がんの手術を勧められたんだけど、私と同年代で、この歳になって手術するのは嫌だと。

それで最先端の放射線治療を受けたけれど、中はケロイド状になっているのでその後も痛みが残って、そのたびに不安になるとか。センチネルリンパ節の切除もして、なんだかんだ言って結局手術することになってしまった、と嘆いていらした。そのあたりなかなか手術前にはイメージできないんですよね。

名倉　標準治療は、副作用やデメリットもきちんと説明されますけど、標準ではない治療の中には、そこをあえて伏せて、傷ができないとか、楽だとか、いいことばかり言うものもあります。不安な状態でそういった情報が入ると、そっちにすがりたくなる気持ちもわからなくはないです。ご家族がいる場合、まずはご家族にしっかり理解していただいて、本人が納得できるようにサポートしていただくこともできるんですが、逆に家族がそういった治療を探してきて、引っ張られちゃうこともありますね……。

篠田　そこは、やっぱり「がん」という病気の特殊な部分ですね。

「思ってたのと違う！」とならないために

篠田　ちょっと深刻な話になっちゃいますが、いざ再建したけど、「思ってたのと違う！元通りのものができると思っていたのに、全然違うじゃないですか」というような方っていらっしゃいますか。

名倉　それはやっぱりあります。それで再手術を希望される方もいらっしゃいます。そうならないために、私は最初に結構厳しめな予測をお伝えしています。こういう風にはできない、こういう形にしかならないですよ、と。あとは、合併症のリスクもお伝えします。経過によっては、再建を諦めなければいけないときもあるので。これらを伝えることで、患者さんがどれくらい再建をやりたいと思っておられるのかもわかります。周りに勧められてなんとなくという感じだと、合併症が起こったり、再建がつらくなったりしたときに、続けるかどうか迷ってしまうと思うんですね。だから、最初に説明して患者さんの覚悟を知っておくようにしています。再建も完璧ではなくて、限界みたいなところはどうしてもあるので。

篠田　それは病気で取った後に入れるわけですから。

名倉　再現しにくいお胸の形って、どうしてもあるんですよ。たとえば、自然な下垂を、インプラントではなかなか再現できません。ここまでが限界ですけどいいですかって言って始まって。それで、自家組織での再建に切り替える方もいらっしゃいますし、再建自体をやめる方もいらっしゃいます。そうすると、申し訳ない気持ちにはなるんですけど、痛い思いをするのは患者さんなので、安請け合いもできないというか……。希望を持ってやったのに、かえって悲しい結果になってしまうと、患者さんはもちろん、自分たちもつらいので。

篠田　インフォームドコンセント以上のものが、再建では必要だっていうことですか。

名倉　そうですね。治療中も、術後のケアとしてあれやってくれ、これやってくれ、こういうこと気をつけてくれと、いろいろとお願いをします。治療をメインで頑張るのはあくまで患者さんなので、ご本人の再建に対する考えを最初に確認しますね。

篠田　私、すごい印象的だったのが、再建の説明を受けたときに、「こういうものが入るんです」ってシリコンを見せていただいたことです。

名倉　触ってください、って（笑）。

篠田　そう、大きなグミみたいな。具体的にイメージできるっていうのは大事なことですよね。

名倉　大事ですね。どのくらい再建に対して前向きかっていうのも、そういうお話をする中でわかってくるんです。積極的に触ってみたり、質問してくださる方だと、一緒に話し合ってやっていけそうだなと思うんですが、いや、いいですとか、ちょっと怖いから傷の写真を見たくないですという方だと、術前にイメージが十分に伝わっていなくて、手術をしてから「思ってたのと違う」となってしまうおそれがあります。

篠田　基本は「おまかせ」じゃなくて、「一緒に頑張りましょう」なんですね。

名倉　そうですね。メインで頑張っていただくのがご本人であることをしっかり伝えるようにしています。

何のために再建するの？

篠田　エッセイにも書いたんですけど、私は競泳用水着をパッドなしで着たかったから、再建を決めたんです。ところが手術後に、「私、取ったけど再建してないよ」という方に会って、その方の水着姿を見て、そうか！　競泳用水着は締め付けられるから胸の膨らみはあってもなくてもわからないと（笑）。何のための再建手術？　とけっこう脱力でした。

名倉　再建は手術が増えるし術後のケアも大変なので、再建してどうしたいのか、目的がはっきりしていないとなかなかしんどいと思います。患者さんの目的に合わせて、お洋服をきれいに着たいのか、温泉に行きたいのかによって、再建で気をつけるところが変わってきますから、我々も聞き取りに力を入れています。

篠田　たとえばどんな感じに？

名倉　たとえば、お胸が下垂している方だと、脱いだときと下着を着けたときとで胸の形が違います。下垂した見た目に近づけて作った方がいいのか、それとも、毎日着ける下着がきれいに合うようにしたいのか、それによって方針が変わってきます。

篠田　わざわざ垂れた形に作って下着で上げるのか、いっそ最初から持ち上げた形にしとくのか（笑）。

名倉　インプラントでは下垂の再現は難しいですが、できるだけ近づけるように努力できますし、下着で寄せて上げた感じに仕上げることもできますから。

篠田　こういうときにこうしたい、みたいなことを具体的に考えてみるのが大切ってことですよね。

私、再建を決めた後に、看護師さんから再建の目的についてのアンケートを受けたんですね。その質問項目に、温泉に行きたい、子供とプールに行きたい、水着を着たいっていうような、具体的な項目がずらりと並んでいました。セクシュアリティとか、女性としてのアイデンティティとかよりも、日常生活であれしたい、これしたい、っていう、そっちの方が理由としては多いですか。

名倉　たとえば小さいお子さんがいらっしゃると、一緒にお風呂に入りたいとか、温泉に行きたいという理由で再建を選ばれる方は多いです。セクシュアリティの理由で再建される方ももちろんいらっしゃいますが、全体としては少ないかもしれません。お洋服をきれいに着たい、という方は世代問わず多いです。

篠田　それ、大きいですね。私もね、最初はそんなこと考えもしなかったんです。競泳用水着の話をしたら担当編集者から「そんなこと言ってないで、せっかく再建したんだから何か賞を取って胸元ぱっくりドレスで授賞式に出ろ」と。そうしたらたまたま吉川英治文学賞をいただいて、おかげさまで、授賞式で、胸元ぱっくりまではいかないけれど、ドレスを着ることができました。で、結果、このためにやったのかな、っていう実感がありました。

乳がんの手術を受けるときは、ファッションどころじゃなくなってますから、そんなこと、期待もしてなかったし、頭をよぎりもしなかったんだけど。

名倉　まずは、治療のことで精いっぱいですよね。

篠田　そうなんですよ。ずっと親の介護もあって、よれよれTシャツにおばちゃんパンツで山手線にも乗っちゃう、みたいな生活でしたから、ファッション云々《うんぬん》っていうのは完全に抜けちゃってたんですけど、手術が終わった後に人前に出る機会がいろいろあって。そうなると、しみじみ感じましたね。体の線がぴったり出るニットのワンピースみたいなのも、自由に着られるんですよ。そういえば、Xラインの服も好きでよく着ていたわ、と。

名倉　そうですね。ブラジャーに詰め物をするのだと、ブラジャーも選ばなきゃいけないし、パッドをうまく詰めるのも結構難しいみたいです。

篠田　乳がん患者向けの冊子やネットで説明されていますが、本当に難しそうですね、あれ。そもそも情報があまりないでしょう。

名倉　皆さんそれぞれで工夫されているようですが、情報は少ないかもしれません。

篠田　術後下着のパンフレットなんかも、ひっそり地味～に置かれていて。もっと日常の延長として、そういう具体的な情報が入ってくるようになるといいですよね。まだやっぱりちょっと閉鎖的な、特殊な世界になっている感じがありますから。

乳がんは先の長い病気

名倉　ファッションもそうですけど、日常生活をいかに快適に過ごせるようにするのかという点が、治療への意欲に大きく関わっていると感じます。患者さんにとって、治療は生活の一部であり、お仕事や子育て、介護など、いろんなことと両立させていくことになるので。

篠田　周りを見ていても、結構先の長い病気だなあ、と。だから、気分の問題っていうのを軽く見ちゃいけないなと思いました。

私、前に乳がんの患者さんが出てくる小説を書いたことがあって。まさか自分が先々なるなんて想像もしてなかった頃で、非常に深刻で暗～いものになってます。一応、治ってはいるけど常に再発の不安があって、すぐそこに死がある、みたいな、人生観が変わっていくというような話。で、いざ自分がなってみて……なってみるもんだね（笑）、現実はこういうもんですか、って、目からウロコの連続。最初に診断を受けた地元の乳腺科の先生は、こう、こちらの目をじっと見て「…………がんです」って言うような感じで。まさにガーン！
世間のがん「宣告」っていうイメージでした。でも、聖路加に来てみると、チームの先生方の対応が、決して深刻じゃないんですよね。腫れ物に触る風でもなく、現実的にさくさく進んでいく感じ。大げさなことなんか何もなく、悲観的な気持ちとか不安とかが入り込む隙がない。患者さんへの心理的フォローを考えて、そういう対応を心がけていらっしゃるんですか。
名倉　乳腺外科の先生たちのキャラクターによるところが大きいと思います（笑）。部長をはじめ、皆ポジティブで、前向きで、私たちがみんなを元気にして、引っ張っていこう！　みたいな先生が多いです。明るい先生、おっとり癒やし系の先生、いろいろな先生がいますが、どの先生も患者さんのためにという想《おも》いは強いと感じています。
篠田　そういう人が集まっているんだ（笑）。
名倉　自然と染まっていくのかも（笑）。医師だけでなく、看護師、検査技師、カウンセラー、受付……みんなで一丸となって患者さんをサポートしていこう！　みたいな気持ちがあり、チームの意識が高いところでまとまっているというのは日々感じています。
篠田　患者さんによっては、私みたいにノーテンキなやつばかりじゃないと思うので、そういう人への対応は、いかにもベテランという感じのあの看護師さんが当たるのかしら、とか。そういう、層の厚さみたいなのはすごく感じました。

名倉　メンタル面でのフォローが必要な場面では、外来の機会を増やしたり、いつも同じ人と話すのではなく、ちょっと違う切り口から話してくれるスタッフがサポートしたりしています。専門的なメンタルサポートが必要と判断されれば、精神面での看護を専門とする、精神看護専門看護師もおり、連携を取るようにしています。

篠田　私も、もしご希望なら、って執刀医の先生からカウンセリングのご案内をいただきましたが、その先生の方がよほど和み系で、いや、全然大丈夫でーす、ってお断りしました。

名倉　乳がんの患者さんってご自身が大変なはずなのに、すごく医療者側を気遣ってくださる方が多いんですよ。だから、抱え込んでしまわないように、スタッフも複数で、お話ししやすい雰囲気を作るように心がけています。

治療は、患者さんのお気持ちが第一なので、私も再建の説明をするとき、「しなくちゃいけないんじゃないか」と思われないようにお話しするように気をつけています。

再建しない、というのも選択の一つですし、今は治療に専念して、後から再建する、というのももちろんできます。通院や手術の回数も増えるので、あえて今はしない、という方もいらっしゃいます。いろいろな選択肢を、ご自身の生活に合わせて選んでいただけたらと思っています。

女性ならではの「強み」を生かして

篠田　話しやすい雰囲気、といえば、こちらは女性の先生が多いですよね。入院中、朝ふらっと外来に行ってみたら、ずらっと女医さんが並んでいて、壮観でした。

名倉　うちは女性が多いですね。部長も女性ですし、一時期は十五人ぐらいいて、ほぼ女性っていう時期もあったぐらい。今はもうちょっと男性も増えています。

ただ、乳腺外科も形成外科も、全国的に見るとまだまだ男性の方が多いです。若い世代だと女性も増えているんですけどね。

篠田　ちょうど東京医科大の不正入試が問題になった後で、こんなに活躍してるぞ、ここは！　と思ったんです。体力がない、結婚出産で続けられずに結局辞めるだの言われますが、現実に、多くの患者さんに信頼されて活躍なさっているわけですよね。

名倉　そうですね（笑）。もちろん、気持ちだけでは頑張れないところはどうしてもありますし、女性医師の場合、主に出産のときに一線から引かざるをえない時期はあります。でもそれは、男性医師だって自分や家族が病気になるかもしれないし何があるかわからないので、お互い様というか、そのときそのときでサポートし合ってやっていかないといけないのは同じだと思うんです。

篠田　名倉先生はどうされているんですか？

名倉　私は二歳の子供がいるんですが、出産後に復帰してからも同僚や家族のサポートを受けてなんとかやってきています。ブレストセンターにママさんが多い時期でもあったので、周囲の理解を得ることもできました。今は日中にガッとまとめて仕事して、夜はサッとみんないなくなる……のが理想なのですが、夜遅くなってしまうときや休日は、他の先生同様に家族に理解してもらったり、若い先生たちに代わりをお願いしたり、というのが実際のところです。持ちつ持たれつと言えればいいのですが、自分がどれだけ他のことで返せるかはわからないので、心苦しい部分もあるんですが……。

篠田　相手にそのまま返すというよりは、別の世代に返していくことになるんでしょう。

名倉　うまく引き継いでいければいいなと思うんですけどね。

篠田　患者側の実感としても、女性医師がいてくださるのは、本当に心強いですよ。乳房再建なんて、やっぱり特殊な分野じゃないですか。当事者としては、女の園的なブレストセンターで待合室の作りも何となく華やいでいて、そういう場所でスタッフの方々に相談できることのありがたさって、ありますから。

名倉　確かに、お胸をまじまじと見て、触りながら、形をどうしようかと話し合ったり、普段どんな下着を着けているかとか、いつ頃から胸が垂れてきたかとか、込み入ったところまで話せるのは、女性同士ならではだと思います。「患者さんとあそこまで話すんだ」みたいな感じで、男性の形成外科医からはちょっと引かれたりすることもあります。でも、それぞれ得意分野があるので、補い合えばいいかなと思っています。

篠田　力仕事や荒事は無理でも、胸の再現なら任せて、ってね（笑）。おかげさまで、水泳もピタピタドレスも、海外旅行もどんとこい、に仕上げていただきました。本当に感謝しております。

名倉　そう言っていただけるのが、一番嬉しいです。また篠田さんのお胸、経過を拝見するのを楽しみにしていますね。

（二〇一九年五月末　聖路加国際病院にて）

あとがき　というよりその後のご報告

七月二十九日の夕刻、聖路加国際病院の形成外科医N先生からお電話をいただいた。十二月に再建手術を終え、私の右胸には人工乳腺バッグ（乳房インプラント）が収まったわけだが、それに全販売地域を対象にリコールがかかったという。ヨーロッパで乳房インプラントが原因で生じたリンパ腫によって死者が出たという新聞記事を読んだのは、その一ヵ月くらい前だっただろうか。

非ホジキンリンパ腫の一種、ブレスト・インプラント関連未分化大細胞型リンパ腫（BIA-ALCL）という珍しい種類のがんが、手術後に発生する事例がいくつも報告されているらしい。

ただし発症のリスクは低いうえに自分の胸に入っているのが、問題のメーカーの、問題のタイプとも思えず、格別、心配もしていなかった。

ところが、どうやらまさにそれ、製薬大手アラガン社製の、「テクスチャードタイプ」というやつだったらしい。

手術前に見て触らせてもらった、大きなグミのような半透明の外観、その表面の磨《す》りガラス様のざらつきによって胸の中でずれたり回転したりするのを防いでいるものなのだが、そのざらついた表面と周辺組織の間で摩擦が生じ、炎症が起きるのが関係しているのではないか、というのは、その後私がネットから拾った情報だ。

それにしても車や家電のようにリコール、ですか……。

入れちゃったものを出してメーカーが回収・修理して送り返してよこしたものをまた本体にはめ込む？　って、某社ノートパソコンのバッテリーパックじゃないんだから……。

「いえ、抜去とかはしませんから」とN先生。

発症リスクに比べて再手術に伴うリスクの方が大きいはずなので当然だ。

さて肝心のブレスト・インプラント関連未分化大細胞型リンパ腫の発症確率については、国や機関によって千分の一から三万分の一とばらつきがある。統計の取り方にもよるのだろうが、いずれにしても発症確率はそう高くない。

N先生によれば、今後も定期検診の折に、注意深く診てくださるということだった。

還暦過ぎのシリコンバストに、とんだオチがついたわけだが、私自身は不安は感じていない。残っている左乳房にがんが発生する可能性の方が高く、今後も乳腺外科の定期検診とホルモン剤投与は続けなければならない。それ以前に自分の年齢を考えれば認知症他、様々な病気に罹るリスクの方がはるかに高い。

だが若くして乳がんに罹り、切除手術を選択した方々にとっては深刻な事態だろう。その発症確率をどう見るか。自家組織移植のデメリットと比べてどうか。あるいは、それも自分らしさ、と考え再建などやめるか。

私としては、日本のメーカーに、安全かつ精巧な、東洋人女性のバストの形に特化した人工乳腺バッグの開発に乗り出してほしいと切に願う。

さてN先生からリコールのお知らせをいただいた翌日、母をグループホームから病院の認知症病棟に移した。

事前に見学に訪れた際には、そこのフロアに入ったとたんに独特の臭気が鼻をつき、「入院した認知症高齢者の悲惨な末路――薬漬けと拘束、そして急激な症状進行とほどなく迎える死――悲しみと後悔を抱えつつ、ほっとしている家族」という、メディアによってさんざん拡散されてきた「精神病院」のイメージが具現化して、これは、今の症状が落ち着き次第、すぐに退院させなければ、と決意を固めたわけだが……。

病院の玄関に足を踏み入れた後、どうやっても不安と興奮が収まらなかった母が、病棟の看護師さんたちに囲まれると「この人たち、私、知っている」と妙に落ち着いてしまった。

翌日訪れると、いかにも居心地の良さそうな個室で、母は何とも安らかな顔で眠っていた。大量の失禁があったそうで、大型バッグに入りきらないくらいの汚れ物のお土産をいただいたが、おかげで膝の上まで上がっていたむくみも解消されつつあった。

その翌日に訪れると、え？

丸くなっていた背筋が伸びている。

不満と呪詛《じゅそ》の言葉にならない言葉を叫び続けていたのが、「せーっちゃん、喉渇いた。水ちょうだいよ」「こんなただの水、まずい！」「何かおいしいもの持ってないの？　お腹空いているんだから」「寒いんだよ」といった、意味を成す「要求」と「苦情」に変わっていた。

認知症の症状は現状維持はできても改善することはない、と言われるが、どう見ても改善している。

後日やってきた従姉妹は、糞便と消毒薬の臭気漂うデイルームで大勢の高齢者が食事している様を見て青くなって固まっていたが、なんのなんの。認知症で最初に壊れるのは嗅覚《きゅうかく》であり、当人はそんなものは気にしていない。

それよりは広いフロアと、だれがだれかなど気にかける必要もない大勢の高齢者、ちょっとあたりがきつくて、てきぱきと対応をする看護師さんたちに母は奇妙に馴染んで落ち着いている。

グループホームの、臭気などまったくない家庭的な環境と、入居者とスタッフの親密な関係、最先端の認知症対応を実践する施設長といった理想的環境の中で、どんどん悪化してどうにも対処できないくらいの問題行動を繰り返していた母が、格別強い向精神薬を処方されている様子もないのに落ち着き、自分の足でとことこと歩き始めた理由は謎だ。

それぞれ異なる生物が、ヒトとまったく異なる知覚感覚によって、ヒトとまったく違う世界のとらえ方をしていることを、若い頃に日高敏隆先生の著書で学び感銘を受けたものだが、認知症患者と健常者というより、同じヒトとヒトの間でもそんなことは起きているんだなぁ、とつくづく感じ入る。

デイルームのソファに並んで座り、母の視線の先を追いながら、母にとってここはどんな世界に映っているのだろう、などと思いを巡らせる。若い頃に看護師として勤務していた職場か、それとも母が大好きだったショッピングモールのフードコートか。

夜間徘徊とベッド上での排尿など、夜勤のスタッフを悩ませているのは相変わらずだが、ずっと様子を見てきた私からすれば明らかに落ち着いている。

病気も介護も、その様相は個人によってあまりにも千差万別で、体験してみればそれまで抱いていたイメージがことごとく覆されていく。

何かに似ている、と思ったら、小説の取材だ。

事前に大量の文献に当たり徹底的に調べ上げても、いざ現地に行ったり、現場の方と接したりしてみると、そんなものはあっさり打ち砕かれる。戸惑いとときには感動と、その後に続く自分の認識の修正に次ぐ修正。

生きていくっていうのもそんなものかなぁ、などと思いながら、フラニハワイの大型バッグに洗い替えを詰め込んで、これから病院行きのシャトルバスに乗る。

気温三十五度。快晴。絶好の洗濯日和だ。

二〇一九年八月
篠田節子

文庫版あとがき

ビニール袋に入れたミルク飴《あめ》に金槌《かなづち》を振り下ろす。一つ、二つ、三つ。ぺちゃんこに潰れたミルク飴をジップロックに入れて、母の面会に行くのが日課だった。

施設で出される三度の食事とおやつだけでは満足しない食いしん坊の母のために、「カステラか何か」と介護士さんに言われたのだが、カステラ、ケーキの類は、手づかみ一口で、一瞬の間に消える。たくさん食べさせて食事に差し支えたり、糖尿病にさせたりしてもいけない。

飴なら、「おいしい、おいしい」と言いながらずっとしゃぶっていてくれる。ミルク飴は特に好物で、ときおり、べーっと舌を出して、まだあるよ、と言わんばかりにこちらに見せる。

それが禁止された。「気管に落ちると危険だからね、アメちゃんはだめよ」とのこと。

飴が高齢者にとって危険なもの、というのは介護者の常識だったらしい。ならば、ころりと気管に落ちなければいいんだろう、とばかりに飴を真っ平らにしてしまった。病院の禁止事項などそんなものよ、とタカをくくっていたが、新型コロナの流行で始まった面会禁止だけは、どうにもならなかった。

昨年二月の日曜日、いつも通りに母の着替えを用意していたところに病院から電話がかかってきた。新型コロナによる病棟内の感染を防ぐため、しばらくの間は面会禁止になるということだ。

高齢者自身と介護者にとってのコロナ禍の影響は計り知れない。自粛による活動量の低下や、デイサービス等の施設の閉鎖は、コロナ収束後に、高齢者の心身に深刻なダメージをもたらすことが懸念される。

「コロナが一服したら認知症や生活習慣病の患者が、一気に増えますよ」とは、知り合いの開業医の言葉だ。命か経済か、といった単純で情緒的な議論では済まされない問題がある。一方、施設入所がキャンセルされ、予定外の家庭内介護を強いられ追い詰められる家族も多い。

母についても、それまで頻繁に面会に行って、廊下を歩かせたり、車椅子を押して外に連れ出したりしていたのができなくなることで、一気に症状が進み、拘縮や痙攣が出て、命が尽きるのではないか、と思うと、生きた心地もしないが、一方で、二日に一度の面会と、大量の洗濯物から解放された（ウィルスの持ち込みを防ぐために洗濯物もすべてレンタルになった）。

ならばいつまで続くか知らないが、この機を逃さず大仕事に取りかかろうと、懸案であった長編小説『マスターズ』（独身のまま五十歳を迎えた女性が、水泳のマスターズ大会を目指す話）の執筆を始める。

そんな矢先、今度は、夫が目の異常を訴え、脳外科に救急搬送される。網膜動脈閉塞症とのことで命に別状は無かったが、欠けた視野は元に戻らず、その後ひどい全身不調に見舞われる。一ヵ月あまりで体重が十キロも落ち、医師に「デパス」を処方されているのを見たときは、こちらの方が青くなったが、素人である家族は何も言えない。

その頃、一時的にコロナが収束し母の面会が制限付きで解除された。

それは六月半ばの面会後のことだった。激しい腹痛に見舞われ、私は市内の病院へ駆け込んだ。特に炎症反応もないとのことでその場で帰されたが痛みは引かず、生まれて初めて患者として救急車に乗った。ところが連れて行かれた先は、さきほどと同じ病院だった。

そのまま入院したが、生憎《あいにく》、土日にかかり専門の先生はおらず、検査も処置もできぬまま、痛い痛いと喚きながらベッドに転がっていた。炎症反応無し、レントゲンも異常無しとのことで放置されていた折、若い看護師さんがお腹を診て「何か、イレウスの患者さんのお腹みたいなんですけど」と切羽詰まった口調で言う。だが医師が来てそう判断しない以上、看護師さんは何もできない。

ようやく月曜日の昼、消化器外科の先生に診てもらうことができた。

「絞扼性《こうやくせい》イレウスです。最終段階です。腸が壊死していると思われます。これから緊急手術に入ります」

命の危険があることも知らされる。

「あなた、よく一人でトイレに行ってましたね、普通なら転げ回るか、気絶していますよ」と先生が呆《あき》れたように言う。

だから、痛いって言ってんだろ！　の言葉は飲み込んだ。

幸い手術は成功し一ヵ月の入院となった。

腹を開いて消化器の一部を切除する手術というのは、乳がんの手術の楽さとは比べものにならない（執刀医の負担もたいへんなものだと聞く）。

手術から数日すれば、短いエッセイや連載小説の見直しくらいは軽いだろう、と見込んでいたら甘かった。口からは水も飲めずに一週間。点滴が外れた後も、腸がいつまでも動かず、途中、脱水症状でもう一度死にかけ、初めて連載を二本、落とした。

そんな中、最前線の看護師さんがいろいろな発見や判断をしてくれたが、処置ということになると、薬を出す、薬を変えるといったことも含め、医師がいないとできないことが多い。そんな中で温めたタオルで痛みを緩和しようとしてくれたり、あの手この手で便秘を解消してくれたり、できる範囲で何とか苦痛を取り除いてくれようとした看護師さんたちには感謝の言葉しかない。

眠れずにベッドを起こしていた真夜中、懐中電灯を片手に様子を見に病室を訪れた三十歳くらいの看護師さんに、スマホに保存されたバンコクの写真を披露して、海外旅行話で盛りあがったのは良い思い出だ。あのとき彼女は、コロナが収まったらこの病院を辞めて、次の勤め先が決まるまでの間に、タイかインドネシアに長期滞在したい、と語っていたが、どうなっただろうか。

昔に比べて、地位も待遇も大きく向上したと言われる看護師さんたちだが、生きがいを感じながら厳しい仕事を全うするには、まだまだその業務内容や労働環境を改善させる必要があるように感じられた。

一方、この間、孤軍奮闘した夫の方は、視野の欠けた目で私の入院先の病院と自宅を往復し、無理矢理食事を詰め込み、ついでに酒も飲み、疲れ果てて眠り、ついに自力で病気を跳ね返してしまった。幸運というよりは、昭和男のど根性、というべきか。

実母九十六歳、夫六十九歳、私六十五歳。

誰が先に逝っても不思議はない。高齢化社会の現実をあらためて突きつけられた出来事だった。

いつの間にか退院から一年半が経ち、このあとがきを書いている。

母の面会は、私が入院した翌日から再び禁止となり、この十月、一年四カ月ぶりにようやく条件付き解禁となった。九十七歳になった母は、眠たがってなかなか目が開かない状態になり、言葉も出なくなっているが、娘のことは覚えていた。それどころか大好きな姪《めい》たちのこともわかった。今後、頻繁に面会できるようになれば、また少し元気を取り戻してくれるかもしれない。

私の乳がんの方は再発の兆候はない。三ヵ月から半年に一度のペースで聖路加病院に通い、診察を受け、薬を処方してもらう。まだまだ油断はできないらしい。

最近、オンラインで聴講した産婦人科の先生のお話によれば、かつての多産の時代と違い、出産回数の減った現代の女性たちの生涯での月経の回数は非常に多く、それがホルモン分泌その他にも影響し、乳がんの増加を引き起こしているとのことだった。解決法として、低用量ピルを使用して、月経回数を減らすことを提唱されていた。いずれにしても、昨今の乳がんの増加が、一部の専門家が言うように「みんなが検査を受けるようになったので、治療の必要のないタイプのがんまで発見されるから」といったことなどではなく、女性たちのライフスタイルの変化によるものだったのだ、と納得した。

最近、さる健康ランドに行った折のことだが、女湯の入口にワンショルダーの下着のようなものを身につけたマネキンが立っていた。

説明書きによれば、こうしたものを身につけて入浴している方がいても、乳がん手術後の入浴着なので、タオルを浴槽に入れるのと違い禁止はされていないので、ご理解を、という内容だった。

　手術痕や変形した乳房を見られるのは恥ずかしい、周りの人に気を遣わせたくない、といった理由で、温泉や入浴施設に行くのをためらう人々のために開発された入浴着だが、一般の方々の無理解にさらされるだけでなく、施設側からそれを着用して浴槽に入ることを禁じられるケースもあると聞く。

　この健康ランドのように、入浴施設の方で周知徹底してもらえるのは、ありがたく心強い。とはいえ、術後の女性が入浴に際して、そうした入浴着を着用することが、「たしなみ」や「マナー」になったりするのは、ごめんこうむりたい。まさに人それぞれなのだから。

　めんどい！　という理由で、私は横一本の縫い目の入った乳房をさらして相変わらず、入浴施設を利用している。乳房の他に、イレウスの手術痕が腹に縦一本、派手に入っており、しかも腹壁瘢痕《はんこん》ヘルニアとかで下腹ぽっこり状態になっているのだから、今更、乳房だけ隠してもしかたない。

　六十何年生きていれば、人間、全身つぎはぎだらけだよなぁ、とぼやきつつ、大きな湯船で手足を伸ばして至福の時間を過ごす。

　いろいろあっても、とりあえず生きていられる幸せをかみしめている。